政と源

三浦しをん

MASA AND GEN
SHION MIURA

社

もくじ

本文イラストレーション●円陣闇丸
ブックデザイン●成見紀子

政と源

一

★政と源

告別式の会場に入ってきた堀源二郎《ほりげんじろう》を見て、有田国政《ありたくにまさ》はむせそうになった。禿頭《とくとう》を光らせた源二郎は、祭壇の写真に視線をやってから、パイプ椅子の並ぶ室内を見まわした。隅のほうに座った国政に気づいたようで、目尻に控えめな笑い皺《じわ》を刻む。一張羅《いっちょうら》の黒いスーツを着た背筋はピンとのび、ややがに股《また》気味の、いつもどおりの飄々《ひょうひょう》とした足取りで歩み寄ってくる。

「よう」

と低く挨拶し、源二郎は国政の隣に座った。

「『よう』じゃない。なんだその頭は」

国政は数珠《じゅず》を絡めた手で、思わず自身のこめかみを揉んだ。血管が切れそうだ。かさついた皮膚が、衝撃のせいでいっそう張りをなくした気がした。

源二郎は、耳のうえにわずかに残った頭髪を真っ赤に染めていたのだ。

「おまえ、自分をいくつだと思っているんだ」

「まさかミツねえさんが死んじまうとはなあ」

祭壇の写真を見たまま、源二郎はしんみりと言った。「しかし、染め直すわけにもいかねえだろ。先週、マミちゃんに赤くしてもらったところなんだ。毛根に悪い」

「だったら剃ってこい」

「てめえがうまく総白髪になったからって、いい気になってねえか？」

僧侶が祭壇のまえに座ったので、会話はひとまずそこで終わった。

経を聞き、順に焼香するあいだ、国政は源二郎をなるべく視界に入れないようにした。葬儀の席にふさわしからぬ色合いは、縁日のヒヨコみたいだ。精神衛生によくない。

式に参列する商店街の面々も、ミツの家族も、祭壇に向かって手を合わせる源二郎を見て、「おやまあ」という表情になった。だが、文句を言うものはいない。苦笑のさざ波が広がるだけだ。源二郎とは、そういう男だ。遺影のミツも、「しょうがないわねえ」と目を細めているようだった。

出棺を待つあいだ、国政と源二郎は表の駐車場で煙草をふかした。

五月ののどかな昼下がりだ。

「五月晴《さつきば》れとはいかねえが、いい日和《ひより》だね」

源二郎がつぶやいた。乾燥した風と光が、木立の緑を輝かせている。煙草の煙が細く立ちのぼり、薄曇りの空へ溶けていく。

「急なことだったたな」

国政はミツの笑顔を思い浮かべて言った。団子屋へ行っても、もう店番をするミツには会えない。長く親しんだ景色をまたひとつ失ったさびしさは、これから少しずつ胸の底に降り積もることだろう。

「なあに、大往生さ」

源二郎は朗らかにさえ聞こえる声で言ったが、国政は素直にうなずけなかった。若いころより死が身近になったぶんだけ、怖れも増したからかもしれない。

これまで出会い、さきに死んでいったひとたちの記憶もまるごと、俺が死んだらきれいさっぱり消えるのか。

むなしく物思いする国政に気づいたのか、源二郎がちょっと肩をすくめた。

「それに、またすぐに会える」

ミツの棺が運びだされ、黒塗りの車に収まった。国政と源二郎は携帯灰皿で煙草を消し、姿勢を正してそのさまを見守った。クラクションを鳴らし、車は通りへ出て角を曲がる。

すぐに会える。それもそうか、と国政は思った。

見送りをすませ、喪服姿の商店街の面々は駅のほうへ向かいだした。ミツの友人は総じて高齢なので、家族の運転する車に乗りこむものもいる。

国政と源二郎は、運河沿いの道をゆっくりと歩いた。酒屋や本屋の主人が、追い抜きざまに二人に声をかけてくる。

「源さん、このごろ景気はどうだい」

「まあまあだね」

「ご注文の本、ちょうど今朝届きましたよ」

「近いうちに取りにいきます」

いつもどおりの会話だ。遺されたものは日常を淡々とつづけていく。運河沿いに建ち並ぶ家々の、軒下に吊された洗濯物が揺れていた。

「師匠、師匠」

と呼ぶ声がし、源二郎が運河の護岸の手すりに寄った。国政も源二郎の背後から水面を見下ろす。船外機つきの小船に、吉岡徹平《よしおかてっぺい》が乗っていた。徹平は二人に手を振った。

「迎えにきました」

「気が利くな」

源二郎は、「おまえも乗ってけよ」と国政を誘った。護岸に設《しつら》えられたコンクリートの階段を下り、小船に乗りこむ。徹平がもやいを解き、小船は軽快なエンジン音を上げて運河を走りだした。底の見えぬ水に、白い飛沫《しぶき》が立つ。

東京の東部にある墨田区Y町は、荒川と隅田川に挟まれ、ちょうど三角州のようになった地帯だ。江戸時代に造られた大小の運河がいまも町じゅうに張りめぐらされ、ふたつの河川を結んでいる。水質を浄化する取り組みも行われているので、水路の町の風情を楽しもうと、観光客が少しずつ増えてきたところだ。

とはいえ現代の生活では、わざわざ水路を行き来する必要もない。Y町の住人で小船を持っているのは、観光客向けの貸しボート屋か、川沿いの問屋に商品を卸す職人ぐらいになってしまった。源二郎は後者だ。

徹平は船の後部に座り、危なげなく舵《かじ》を操作した。のどかな速度で、小船は迷路のような運河を進む。

「めずらしく気が利くと思ったら、仕事を持ってきやがったのか」

源二郎が舌打ちした。小船の一隅には、羽二重《はぶたえ》の入った箱が積まれ、透明のビニールシートで厳重に覆われていた。

「だって師匠、もうすぐ梅雨っすよ」

エンジン音に負けぬよう、徹平が声を張りあげる。「今日こそは糊《のり》ひきしてもらわないと」

「わかったわかった」

源二郎はスーツの上着を脱ぎ、ネクタイをはずした。年若く経験の浅い弟子にツケツケとものを言われても、源二郎はどことなくうれしそうだ。ぐうたらの源二郎と、ちゃっかりした徹平。なんだかんだで、この師弟はうまくいっているらしい。

「おまえはどうする?」

源二郎に聞かれ、「つきあおう」と国政は答えた。帰ってもどうせ無為に時間を過ごすだけだ。

小船は国政の家の裏手を素通りし、荒川へ出た。国政は閉めきられた自宅の窓から目をそらし、前方に広がる大きな川のきらめきを見つめた。

黄色や桃色や水色に染まった薄い布地は、白い雲の合間から差す日に照らされ、夢のなかを流れる川のようにうつくしい。

国政は源二郎と一緒に土手に座り、河原でひるがえる羽二重を眺めおろした。羽二重にひいた糊の乾き具合を、徹平が確認している。

「おう、べたべた触るんじゃねえぞ」

源二郎が声をかけると、徹平は振り返り、緑の土手を駆けあがってきた。二人に並んで斜面にしゃがむ。横顔はまだ幼いと言っていいほど若い。

二十歳《はたち》か。国政は開けた空を見上げる。俺は二十歳のとき、どんなことを考えていたのだったか。なにしろ半世紀以上まえのことなので、うまく思い出せない。源二郎にも聞いてみようかとふと思い、結局やめた。どうせ源二郎は、「腹が減ったなあ」とか「いい女いねえかなあ」とか、そんなことしか考えていなかったにちがいない。

「師匠、やっぱり似合ってるっすよ」

残りわずかな源二郎の頭髪を見て、徹平が誇らしげに言った。

「マミちゃんのおかげで、俺の男ぶりも一段と上がったってもんよ」

火をつけていない煙草を、源二郎は唇の端でぶらぶら揺らす。血のつながりもないのに、源二郎と徹平は笑顔がよく似ている。悪ガキのように、楽しいことがないか探していつもうずうずしている表情だ。

「おまえの女は、なかなかてぇした腕じゃねえか」

「でへへ」

と徹平はやにさがる。「マミさんは店での指名がトップらしいっす」

徹平が言うと、なんだかいかがわしい店のようだが、マミが働いているのは美容院だ。かなり人気の店で、国政がたまに通りからなかを覗くと、近所のご婦人がたが老いも若きも詰めかけているのが見える。その店で指名トップということは、マミは実質的にY町でトップの美容師と言えるだろう。たいしたものだ。

「だが」

と、国政は眉をひそめた。「葬式に赤毛ハゲの老人を寄越すのは、いかがなものだろう。弟子であるきみが、もうちょっと気をつけてくれないと」

「すみません」

徹平は体育座りした膝を抱え、大柄な体を縮こめた。「俺、今朝は念のため、黒のカラーリング剤を持ってったんすけど。でも師匠はもう家を出たあとで」

「堅《かて》ぇこと言うない、政」

糊ひきの作業中は股引《ももひき》姿だった源二郎が、座ったままもぞもぞとスーツのズボンに足を通しだした。さすがに肌寒くなってきたらしい。

そこへ、「あのー」と声をかけるものがあった。振り返ると、土手のうえに四、五人の小学生が立っている。

「ああん?」

徹平が首をかしげた。本人に威嚇するつもりはなくとも、小学生たちは少しひるんだようだった。茶髪でガタイのいい徹平。喪服姿で白髪の紳士然とした国政。土星の輪のような髪を赤く染め、昼日中の河原でズボンを脱ぎかけているのか穿きかけているのかわからぬ源二郎。不審がられてもしかたない取りあわせだ。

しかし声をかけた手前、いまさら通りすぎるわけにもいかなかったのだろう。小学生たちはおそるおそる土手を下り、三人に近づいてきた。

「社会科の授業で、Y町の歴史を調べているんです」

と、リーダー格らしき女の子が言った。小学五年生ぐらいのようだ。

「質問してもいいですか」

「どうぞ」

と国政は言った。

「まあ座れや」

と源二郎がうながす。小学生たちは土手のやわらかい草のうえに腰を下ろした。

「あれはなんですか？」

女の子が、河原に広がる色とりどりの薄い布を指した。

「つまみ簪《かんざし》の材料だ」

ズボンを穿き終え、源二郎が答えた。煙草を吸うのは諦めたらしい。くわえていた一本を箱に戻す。

「つまみ簪?」

またべつの、おとなしそうな女の子が小声で疑問を呈する。

「知らないのかよ」

徹平が息巻いた。「師匠はつまみ簪づくりの名人だぞ」

知らなくて当然だろうと国政は思った。子どもたちは徹平の剣幕に怯えつつも、「名人」という言葉に心惹かれたらしい。期待のこもった眼差しが、奇怪な風体の源二郎に注がれた。

「つまみ簪ってのは、ほら、あれだ」

源二郎は照れたのか、頰を掻きながら説明した。「祇園《ぎおん》の舞妓さんが髪に挿すやつだ」

「師匠の簪は、文楽の人形も挿してるんだぜ」

徹平が胸を張ったが、小学生たちの顔に書かれた疑問符は消えない。国政はため息をつき、口添えした。

「きみたちのなかで、七五三に着物を着た子もいるだろう。そのときに、布でできた華やかな簪を挿さなかったかい?」

「あ、つけました」

一人が手を挙げた。国政はうなずく。

「それを作ってるのが、このじいさんだ」

「俺がじいさんなら、てめえもじいさんだろ」

源二郎が毒づく。「まあ、とにかくそれだ。あの布を小さく切って、ピンセットで折り畳んで簪の部品にするんだよ。その部品で、花やら松やら、いろんなめでたい形を作って、簪にして女の髪を飾るのさ」

「どうして布を干してるんですか？」

それまで黙っていた男の子が聞いた。

「糊をひいたところだからだ。薄い布だから、糊でちょっとパリッとさせとかねえと、簪にしたときに腑抜《ふぬ》けちまう」

ワイシャツにアイロンがけするときに、襟《えり》に糊をひいて補強するようなものだ。国政はそう補足しようとして、思いとどまった。最近のワイシャツは形状記憶なんたらで、糊は必要ないのかもしれない。子どもたちには伝わらないだろうと思った。

「ちょっと見てきていいですか？」

男の子は興味を引かれたようだ。

「触んなきゃかまわねえよ」

と源二郎から許しが出ると、土手を駆けおりていった。

「完成品が見たいんだったら、今度師匠の家に来れば？」

徹平が、そばに残った女の子たちに言った。「三丁目の角だ。きれいだぜ」

「はい、行きます」

社交辞令でもないようで、リーダー格の女の子は真剣にうなずいた。それから、手にしたバインダーに挟まれた紙を読みあげる。本来の質問事項なのだろう。

「いつごろから、Y町に住んでいますか？」

「生まれたときからだなあ」

と源二郎は言い、

「つまり七十三年まえからだ」

と国政は言った。

「俺は十八のときに師匠に弟子入りしてからだから、二年まえ」

徹平の発言は、年季が入っていないと見なされたのか無視された。

「お二人が子どものころといまとでは、Y町は変わりましたか？」

変わったに決まっている。半世紀以上が経ったのだ。道も運河も整備され、町並みもべつの土地と言っていいほど変化した。家々と多くのひとが炎に焼かれ、そのあとに再び築かれたのがいまのY町だ。

国政はそう答えようとしたが、源二郎は子どもたちに微笑みかけた。

「変わらねえよ。昔もいまも、のんびりしたいい町だ」

静かな声音に、国政はなにも言えなくなった。

小学生たちは礼を言って去っていき、源二郎と徹平は糊ひきを終えた羽二重を手際よく畳んでいった。作業の様子を、国政は土手から見守った。夕暮れ迫る川べりに風が吹きわたり、西の空が薄紅《うすくれない》に染まる。

荒川は今日も穏やかに流れていた。

小船で家の裏手まで送ってもらい、各戸に設置された小さな船着き場に足を下ろす寸前、どうしても気になって国政は聞いた。

「なぜ、あの子たちに本当のことを言わなかった？」

源二郎は数瞬、国政の目をまっすぐに覗きこんだ。子どものころから変わらない、黒く冴え冴えとした目だ。

「俺の弱さかねえ」

やがて源二郎は苦笑して答え、「じゃあまたな」と軽く手を振った。徹平はそのあいだ無言だった。ポンポンと軽快にエンジンを稼働させ、源二郎と徹平を乗せた小船は、細い運河の水面をすべっていった。

国政は勝手口から家に入った。「ただいま」と言っても答えるものはない。

朝にも食べたみそ汁をあたため、冷や飯にかけて腹へ流しこんだ。九時までテレビを見て時間をつぶし、あとはもうすることもなく布団に入った。ずっと土手に座っていたせいか、腰が少し痛んだ。

一人の夜はゆっくり更ける。二度ほどトイレに起きたが、そのたびに「まだ朝にならないのか」とうんざりした。だが、新しい一日がはじまったからといって、活力がみなぎるわけでもない。

緩慢に死んでいっているようなものだな。国政は枕に頭を載せ、暗い天井を見上げた。これが年を取るということか。

腹が立つような、滑稽なような、せいせいするような、複雑な気分で目を閉じた。今度こそ、朝まで尿意に邪魔されず眠りたいものだと願った。

どうして源二郎とのつきあいがつづいているのか、国政は自分でもよくわからない。幼なじみでずっと同じ町内に住んでいるとはいえ、国政と源二郎とでは、正反対と言っていいほど生きかたも考えかたもちがう。

国政は大学を出て、銀行に入った。勤勉さがなにより大事だと信じて働き、親に勧められて見合い結婚し、娘が二人いる。源二郎は小学校もろくに卒業せず、子ども時分につまみ簪職人に弟子入りし、己れの腕一本でやっていけるようになってからは、気乗りしたときに気の向くままにしか仕事をしない。大騒ぎして口説き落とした女と結婚し、妻が四十代で死んでしばらくのあいだはしょぼくれていたが、いまではY町のすべてのスナックで「源ちゃーん」と黄色い声で歓待を受け、鼻の下をのばしている。子どもはいない。

どこをどう継ぎあわせても、国政と源二郎の気は合わない。それでもなぜか一緒にいるのだから不思議だ。

国政は一度、源二郎に聞いてみたことがある。なんで飽きもせず、俺たちは面《つら》つきあわせているんだろう、と。

源二郎は笑って答えた。

「そりゃおめえ、惰性ってやつだよ」

そういうものかもしれないな、と国政も思った。

その日も国政は、病院で湿布薬《しっぷやく》をもらった帰りに、源二郎の家へ寄ってみることにした。湿布を貼ったせいで熱を持ったようにうずく腰をさすりつつ、角の木造二階屋を目指す。

路地に面したガラス戸の内では、浴衣《ゆかた》姿の源二郎が真剣な表情でピンセットを動かし、つまみを作っていた。色鮮やかな小さい布を折り畳んでは、糊を塗った板のうえに整然と並べていく。徹平は源二郎の隣に正座し、師匠の手もとを熱心に見ていた。

国政がガラス戸を開けて土間に立っても、源二郎は顔を上げなかった。徹平が気づいて会釈し、お茶を運んできた。国政は勝手に畳敷きの仕事場に上がりこみ、源二郎が描いた簪の下絵を、湯飲みを片手に眺めた。

滝のように流れ落ちる繊細な藤の花。花火みたいに何輪も重なって咲く菊の花。月に跳ぶ兎《うさぎ》。青々した松の緑と、愛嬌のある赤い鯛《たい》。図案はどれも華やかで美しく、家では年がら年じゅうだらしなく浴衣を着ている男が描いたものとは思えない。

いまは糊板《のりいた》に並んだつまみも、やがては図案どおりに切った台紙にピンセットでひとつひとつ置かれていく。気の遠くなるような細かい作業のすえに、一本のつまみ簪がようやくできあがる。ふだんはおちゃらけてばかりの源二郎だが、つまみ簪を作るときだけ、ひとが変わったみたいな集中力を見せる。

しばらくして糊板がつまみでいっぱいになった。源二郎はピンセットを置き、首をまわす。

「ありゃ、来てたのか」

「ずいぶんまえから来ている」

ちょいとごめんよ、と言って源二郎はトイレに立ち、ついでに台所から落雁《らくがん》を持って戻ってきた。徹平がお茶をいれ直し、三人でおやつを食べた。

「なんでぃ、湿布くせえな」

「腰をいためたんだ」

「運動不足じゃねえのか。ゲートボールでもしろよ」

「いやだ。敵の球を弾《はじ》きだしたり、敵を妨害することにひたすら腐心したり、あれはけっこう陰険なゲームだからな」

「ますますぴったりじゃねえか」

国政は黙って徹平に湯飲みを差しだした。徹平はおとなしく急須を傾ける。

「おまえこそ、老眼で作業するのはつらいだろう」

茶で喉を湿らせた国政は、反撃に出た。「そろそろ引退して、徹平くんにあとを任せたらどうだ」

「おきゃあがれ」

源二郎は粉を散らしながら落雁をかじった。「目ぇ閉じたままでも、つまんでみせらあ」

「そうっすよ」

と徹平が勢いこんで言った。「師匠の技はすげえんですから」

おべっかを使ったわけでもないらしく、徹平の目は純真に輝いている。国政はどうもおもしろくなかった。徹平が源二郎に弟子入りしてからというもの、調子を狂わされっぱなしだ。

俺はひがんでいるのだろうか。国政は内心を点検した。

国政の妻は数年まえに家を出ていき、長女一家と暮らしている。妻も、二人の娘も、孫も、国政のところにはとんと顔を出さない。

仕事の忙しさを言い訳に、休日も家族とろくに話さず、寝てばかりいた夫であり父だったのだから、あたりまえだ。国政はもう諦めている。がむしゃらに働いたのは家族のためだったのだと言いたくても、相手が逃げだしてしまったあとでは意味がない。

むなしさは飲みこめばいいし、さびしさには慣れればいい。そう思っていた。心のどこかに、妻に先立たれ子どももいない源二郎も、自分と似たような境遇なのだからと囁く声があった。

ところが源二郎は、国政と同じかそれ以上に天涯孤独の身の上なのに、「さびしい老後」をてんで送りそうにない。いつのまにか若い弟子を取って、なんだか楽しそうにしている。

置いていかれたような気がする。うまくやりやがって、と歯嚙みする思いだ。源二郎は昔から要領がよく、ひとに好かれる。心から愛した女と結婚し、死ぬまで身ひとつで食っていけるだけの技術も持っている。

家族に愛想をつかされ、勤めを辞めたら居場所まで失った俺とは、おおちがいだ。国政は自嘲した。

源二郎と徹平は、国政が抱える薄暗い苛立《いらだ》ちには気づかなかったようだ。

「師匠、今日の晩飯はなんにしますか」

「そうだなあ。そろそろ魚屋のタイムセールだろ。適当に刺身でも見繕《みつくろ》ってこいや」

などと、のんきな会話を交わしている。

「じゃ、行ってくるっす」

源二郎から渡された札をジーンズのポケットに押しこみ、徹平は土間へ下りた。

「刺身は三人ぶんだぞ」

路地に出た徹平の背へ源二郎がつけ足すと、

「はいっす！」

と閉めたガラス戸の向こうから威勢のいい返事があった。国政はあわてて言った。

「おい、俺はいいよ」

「もう行っちまったぜ」

源二郎が言うとおり、徹平の足音は商店街のほうへ小走りに遠ざかっていく。「食っていけばいいって」

源二郎は再び糊板のまえに座った。ピンセットでおもむろに指の毛を抜きはじめる。集中するときの、源二郎の妙な癖だ。あいかわらずだな、とあきれて眺めていると、「政」と声をかけられた。

「暇なら注文書を仕分けて、請求書を作ってくれ。日付は空欄で」

「なんで俺が」

「得意だろ、そういうの」

源二郎はピンセットについた毛を丁寧にティッシュでぬぐい、猛然とつまみを作りだした。国政はしかたなく、茶簞笥《ちゃだんす》に入った注文書を茶の間の卓袱台《ちゃぶだい》に広げ、銀行仕込みの電卓さばきで請求額を計算する。

買い物から帰った徹平が、「できたっす!」と台所から顔を出すまで、国政と源二郎は黙々と作業をつづけた。

卓袱台には、卵を落とした豆腐のみそ汁と、キュウリの漬け物と、あたたかいご飯と、アジの叩きとイカの刺身が並んだ。三人は卓袱台を囲み、「いただきます」と言った。

「徹平、てめえなあ。年寄りにイカ買ってくるやつがあるか」

「だめっすか」

「嚙み切れるかっての」

「えー。こんなに細く切ってあるのに」

「てめえはアジは食うな。イカだけ食え」

源二郎に怒られ、徹平は肩を落とした。国政は気の毒になり、

「俺はイカも少しいただこう。こっちを食べてくれ」

と、徹平にアジの皿を押しやった。

「いいんすか。いただくっす」

徹平はうれしそうに箸をのばす。

「若ぶりやがって」

源二郎が悪態をついた。

こんなににぎやかな食卓はひさしぶりだ。いや、妻と娘たちが家にいたころでさえ、これほど明るく食事をしたことなどなかったかもしれない。国政はくつろいだ気分で、日本酒のコップを傾けた。源二郎もテレビのプロ野球中継を見ながら、ちびちびと飲んでいる。

「面倒くさいから、このまま泊まっていくかな」

国政がつぶやくと、ほろ酔い加減の源二郎は、「好きにしろや」と答えた。

台所で食器を洗い終えた徹平が、

「俺はそろそろ失礼するっす」

と言った。

「今日は早いじゃねえか。マミちゃんと会うのか?」

源二郎にからかわれ、徹平は「でへへ」と笑う。

「店が終わるころ迎えにいくって約束したんっすよ。そのあと、俺のアパートに来てくれるって」

「なんだなあ、ちくしょうめ」

源二郎は赤い髪を掻きむしり、徹平に対してとも、ちょうど抑えこまれた巨人打線に対してともつかぬぼやきをこぼした。

「気をつけて帰りなさい」

心ここにあらずの源二郎に代わって国政が言うと、徹平はちょっと神妙な顔つきになった。

「はい。ホント俺、気をつけなきゃいけないっすよ。なんか最近……」

「なにかあったのか?」

口ごもった徹平をうながす。だが徹平は気を取り直したように、

「なんでもないっす」

と首を振った。「じゃ、おやすみなさい」

土間に下りて徹平を見送った国政は、路地に面したガラス戸の鍵を締め、目隠しのカーテンを引いた。

「なんだろう。徹平くん、どうかしたんだろうか」

茶の間に戻って源二郎に話しかけたが、終盤を迎えた試合に夢中で、「うーん」と生返事しかしない。

「おい」

と肩を小突くと、やっとテレビから視線をはずした。

「放っとけ。徹平も大人だ。本当に困ったことになったら、相談してくるだろうさ」

試合は結局、巨人の負けだった。源二郎は寝室にしている二階の六畳間に上がり、押入から勢いよく客用布団を引っ張りだした。

「ええい、こんにゃろめ」

「おまえ、よく野球なんかでそこまで怒れるな」

風呂を借りた国政は、いたずらに埃《ほこり》を立てる源二郎に感心して言った。

「なんか、だと?」

並べて敷いた布団の片方にもぐり、源二郎は腹立たしげに背を向ける。「あー、忌々《いまいま》しい。明日の俺の作業効率は大幅減まちがいなしだ」

徹平くんを見習って、おまえこそ大人になれよ。国政は蛍光灯から垂れた紐を引き、豆電球だけ残して部屋の明かりを消した。

「そういえば、このあいだの小学生たちは訪ねてきたのか?」

「来てねえ」

隣の布団で、源二郎は早くも眠りの国に足を踏み入れかけているらしい。間延びした声が答えた。

「来られても困る。俺たちのガキのころと全然ちがうから、どうしたらいいかわかんねえもの」

ちがう? そうだろうか。子どもなんて、いつの時代も同じようなことで喜び、同じようなことで泣く生き物の気がするが。国政は、いたいけだったころの娘二人の笑顔や喧嘩のさまを思い浮かべ、首をひねった。

他人の家で、夜中に動きまわるのは一苦労だ。狭い廊下を手探りし、かすむ目で階段の段差をたしかめ、国政は二度、トイレと布団のあいだを往復した。

一回目にトイレに起きたとき、源二郎は「ぷす、ぷす」と泡が弾けるような鼻息を立て、気持ちよさそうに眠っていた。国政が敷居に爪先を引っかけ、「いてっ」と声を上げても、目を覚ます気配はなかった。

しかし、国政が二回目の小用をすませて戻ってくると、源二郎は明らかにうなされていた。国政は布団のかたわらにしゃがみ、どうしたものかとしばし考えた。

仰向けに横たわった源二郎は、痛みに耐える獣のように、かぼそく悲しげなうなり声を上げている。

起こしてやるのが親切だろうが、夢は過去へ帰る秘密の道でもある。この世ではもう二度と会えないひとと言葉を交わす時間は、たとえ悲しくつらいものだったとしても、だれにも邪魔をされたくない。国政はそれを経験則として知っていたから、源二郎を夢から引き戻すべきなのかためらった。

ためらううちに、源二郎は自分で勝手に目を開けた。

オレンジ色の薄闇のなかで、源二郎は天井を見ていた。それから、顔に差す影に気づいたのか、しゃがみこむ国政に視線を移した。

「ああ」

と源二郎は言った。「家が焼かれた日の夜だったよ。卓袱台の向こうにおふくろがいた」

名残惜しそうにも、安堵しているようにも見える表情だ。国政が小さく、「そうか」とうなずいたときには、源二郎はまた眠ってしまっていた。

国政は客用布団に入り、しばらく隣の寝息をうかがった。呼吸に乱れはない。今度こそ源二郎は、記憶の網《あみ》から完全に逃れる数時間を得たらしかった。

忘れていないんだな、と国政は思い、あたりまえかとすぐに思い直して、せつなくなった。国政は東京大空襲を知らない。母とともに、長野の親戚の家へ疎開《そかい》していたからだ。東京が大変なことになったらしいと聞いたとき、まっさきに思い浮かべたのは源二郎のことだった。

源二郎はすでに、近所のつまみ簪職人に弟子入りしていた。源二郎の兄は幼少期に病気で亡くなり、父親の戦死の報《しら》せも届いていたので、一家の稼ぎ手は源二郎と母親だった。小学生の源二郎には、弟と、まだ赤ん坊と言ってもいい妹がいた。だから源二郎は、疎開しなかったしできなかった。

その晩のことが、源二郎の口から詳しく語られたためしはない。国政にわかっているのは、老境に差しかかっていた師匠を助けて、源二郎が必死に逃げたこと。家も家族もすべて焼けて灰になったこと。それだけだ。

国政は大空襲の半年後、戦争が終わってからやっとY町に戻ることができた。ゴミと木材の浮いた運河。並んだバラックのうえに茫漠《ぼうばく》と広がる空。すっかりさまがわりした故郷の町をまえに、ただただ立ちつくした。

角の掘っ建て小屋から、源二郎がひょいと出てきたのはそのときだった。国政はものも言わずに駆けだした。源二郎も、手にした洗面器を放りだして走ってきた。白茶けた埃っぽい道のうえで、二人は固く両手を握りあった。

「生きてたんだな」

源二郎は言った。「生きてたんだな、よかった」

それはこっちのセリフだ、と国政は思った。熱くなるまぶたを、唇を嚙みしめることでなんとかこらえ、源二郎の肩さきに差す夏の名残の光を見ていた。

国政は布団のなかで寝返りを打ち、寝心地のいい姿勢を探した。

源二郎は河原で会った子どもたちに、「変わらねえよ」と言った。源二郎は子どもたちとどう接していいかわからないとこぼした。

家族との縁が薄いとしか言いようのない源二郎は、この家で一人、うなされるとわかっていて夢の世界へ旅立つことがあるのだろうか。

俺も忘れていない。忘れられない。国政は思った。どんなつらさを経験してもなお、いの一番に俺を案じる言葉を発した源二郎を。走り寄ってきたときの輝く笑顔と、握った手の強さを。

国政は腰の痛みをかばって布団のなかで輾転《てんてん》し、最後に体を丸めた恰好に落ち着いた。源二郎の掛け布団は規則正しく上下している。

朝はまだ遠いようだったが、穏やかなY町の夜も嫌いではないことを、国政は思い出した。

切り身の焼き鮭《ざけ》をわけあい、国政と源二郎が納豆ご飯をかきこんでいると、マミがガラス戸を開け、「ごめんください」と顔を覗かせた。

「おう、どうしたんだい」

源二郎がにやついて手招きする。「徹平の野郎がめずらしく、『風邪引いたんで休ませてください』なんて電話してくるもんだから、さてはやっこさん、ゆうべ張り切りすぎたんだなって、いま国政と話してたところだ」

「おまえがべらべらしゃべるのを、俺は黙って聞いていただけだ」

国政は源二郎の言いぐさに抗議し、マミに座布団を勧めた。

マミは徹平よりいくつか年上だろう。栗色に髪を染め、いつもこざっぱりとした身なりをしている。徹平は、美容院で使うつまみ簪を仕入れにきたマミを見て、またたくまに恋に落ちたらしい。尋ねてもいないのに源二郎と徹平が触れまわったおかげで、町内のほぼ全員が二人のなれそめを知っていた。

「それなんですけどね」

とマミは言い、座布団に座った。

「どれだい」

源二郎が箸で納豆の糸を切る。

「徹平ちゃんの休みの理由です。それ、嘘なんです」

「ずる休みとは穏やかではないね」

国政が言うと、マミは首を振った。

「ずるじゃなくて……。徹平ちゃん、顔が青紫色に腫れあがっちゃって」

驚いた源二郎が、茶碗を卓袱台に取り落とした。

「おいおい、ゆうべまではなんともなかったぞ。悪い病気かい」

「ううん、殴られたんです」

どうも会話の要領を得ないというか、スローモーな娘さんだな、と国政は思った。これで指名率が高いということは、ずいぶん腕がいいのだろう。

源二郎は額から頭頂部にかけてを、わずかな頭髪と同じぐらいの赤さに憤りで染めた。

「俺の弟子を殴るたぁ、ふてぇ根性じゃねえか。いったいどこのどいつの仕業だ」

「それが、よくわからなくて」

マミの話によると、昨夜、美容院からの帰りがけに突然、二、三人の若い男に取り囲まれたとのことだった。コインパーキングの暗がりに引きずりこまれそうになったので、徹平が応戦し、マミを逃がした。

「通報は？」

国政が聞くと、マミは再び、力なく首を振った。

「徹平ちゃん、絶対にだれにも連絡するなって。言われたとおり徹平ちゃんのアパートまで走って逃げて、じっと待っていたら、ボコボコに殴られて帰ってきたんです。そのときもあたし、警察に言おうって言ったんですけど、徹平ちゃんは『だめだ』って怒っちゃって」

怒る徹平というのが、国政はうまく想像できなかった。いつも「でへへ」と、ひとのいい顔で笑っている男なのに。

「そういえば、なにか気がかりがあるような口ぶりだったな。どう思う、源二郎」

「うーん、わからん」

俺の弟子、などとえらそうに言っていたわりには、源二郎は徹平のことを把握していないらしい。「とりあえず見舞いにいってみよう」

徹平が住んでいるのは、源二郎の家から徒歩五分ほどの距離にある木造アパートだった。アパートは二階建てで、ドアの数から推測するに、上下三戸ずつの造りだ。どの窓にもカーテンが吊されている。激しく老朽化した建物だが、満室のようだ。

マミに案内され、国政と源二郎はアパートの狭い外廊下を進む。徹平の部屋は、一階の東端だった。マミはチャイムも鳴らさず、合鍵でドアを開けた。

玄関から室内のすべてが一望できる。食器がきれいに洗いあげられた台所。窓辺に干してあるTシャツ。家具は極端に少なく、畳に直接置かれた小さなテレビと、畳んで壁に立てかけられた小型の座卓が目につくぐらいだ。衣類やつまみ簪づくりに必要な道具などは、押入に収納しているのだろう。がらんとした六畳間は、案外広く見える。

その真ん中に敷かれた布団で、徹平がうんうんうなっていた。顔がでこぼこの岩のように腫れあがっている。徹平は部屋に入ってきた人影を認め、布団から飛び起きた。

「師匠！」

「まあ寝てろや」

源二郎は鷹揚《おうよう》に手を振り、国政は持参した氷を徹平の顔に載せてやった。再び布団に身を横たえた徹平に、源二郎が重々しく告げた。

「話はマミちゃんから全部聞いたぞ、徹平」

「すみません、内緒にしとこうと思ったんすけど……」

「うん、全部聞いたんだが、わけがわからなかったぞ、徹平」

と、源二郎は言った。「いったいだれにやられた」

徹平は横たわったまま迷っているようだったが、ややあって口を開いた。

「すみません、師匠。俺、師匠のつまみ簪を見て、師匠に弟子入りさせてもらうまでは、悪いことといっぱいしてきたんです」

「悪いこと？」

源二郎は右の眉だけ器用に上げた。「女を犯して売り飛ばすとか、老人を生き埋めにしたあげく貯めてあった金を巻きあげるとか、そういうことか」

「いや、そこまで悪いことじゃないっすけど……」

と徹平はたじろぎ、国政は「つまり」と会話の軌道修正を試みた。

「きみは、チンピラだったわけだな」

「チンピラ……。はあ、まあ、そうっす」

「それで、昨夜襲ってきたというのは、きみの仲間か」

「元仲間です」

徹平はきっぱりと言った。「俺、葛飾《かつしか》の出身なんすけど、あいつら、俺を探して荒川を渡ってきたらしいんです。勝手にチームやめて、マジメに働いてる俺がよっぽど気にくわないみたいで」

って出る。

「真面目に働くことのなにが悪い！」

急に怒鳴った国政に、源二郎と徹平とマミの視線が集中した。年を取るとどうも短気になっていけない。むきになった自分を反省し、国政は咳払いした。かわりに源二郎が、質問役を買って出る。

「じゃあ、おまえが殴られたのは、足抜けしたことへの制裁なんだな」

吉原《よしわら》の遊女じゃあるまいし、と国政は思ったが、徹平とマミはピンときていないようだ。

「制裁」という単語にかろうじて反応し、

「そうっす」

とうなずいた。「それで俺、大事《おおごと》にしたくなかったんです。まえは、俺も一緒になってバカなことやってたやつらだから」

「しかし俺は黙っていられねえぞ」

源二郎が腕組みする。「やっとできた後継者を殴られたとあっちゃあ、職人の名折れだ」

「徹平ちゃん、お金も取られたんでしょ」

マミも心配そうに言った。「あのひとたち、またたかりにくるんじゃないの」

たしかに、ありそうなことだ。徹平は昔の仲間に律儀に義理立てしているようだが、まっとうに暮らすものの足もとを見て、つけこんでくる性根の曲がった輩《やから》はどこにでもいる。国政は少し考え、「よし」と言った。

「徹平くん、そいつらをY町に呼びだすんだ」

「呼びだして、どうするんですか」

「二度と徹平くんのまえに現れないよう、俺と源二郎でよく言って聞かせてやろう」

「そうだな、それがいい」

と源二郎もうなずいた。

「え！」

徹平とマミが、びっくりした顔で二人を見た。

「言い聞かせるんっすか？　師匠と有田さんで？　あわせて百五十歳なのに？」

「百四十六歳だ」

と、国政と源二郎は声をそろえた。


月のない晩だった。

ようやく顔の腫れが引きはじめた徹平が、ひとけのない路地のコインパーキングに立っている。

徹平のかつての仲間たちは、こちらが呼びだすまでもなく、また金を持ってこいと連絡してきたのだった。彼らは、「おまえの女がどうなってもいいのか」という、ありきたりながら無視しがたい脅しの言葉も忘れなかった。それを聞いた国政と源二郎は憤然とし、水路に面したコインパーキングに彼らをやってこさせるよう、徹平に指示した。

徹平は、約束の時間からわざと五分ほど遅れてコインパーキングに姿を現した。運河を背にして待っていた三人の若い男は、徹平を見て嘲《あざけ》りの声を上げた。

「遅かったなあ。ビビって逃げたのかと思ったよ、徹平ちゃんよう」

「金は持ってきたか？　ええ？」

「おまえらに渡す金はねえよ」

と徹平は言った。ふだんとは打って変わって、底冷えする声音だ。「今日は、もう来ないでくれと言おうと思ってさ。わざわざ悪かったな」

「んだと、こるぁ！」

男たちは色めき立った。「いきがってんじゃねえぞ徹平！」

詰め寄られ、胸もとを突かれても徹平は引かない。徹平をいたぶるたびに、男たちが身につけたチェーンがちゃらちゃら鳴った。

チンピラそのものだな。国政はため息をつく。

「行くか、源」

「おう」

水路に停めた小船で待機していた二人は、さすがに敏捷にとはいかなかったが護岸に上がり、コインパーキングの金網を乗り越えた。徹平が不安そうな視線を寄越す。「ほんとにやる気っすか、師匠」と言いたげだ。男たちはまだ、背後から忍び寄る老勢力に気づいていない。

国政と源二郎は手にした角材を振りかざし、チンピラ三人のうち両端にいたものの肩をいきなり殴りつけた。うめきを上げ、両端の男がその場に膝をついた。真ん中にいたチンピラは咄《とっ》嗟《さ》に状況がつかめず、一拍置いてから国政と源二郎を振り返った。

「なんだ、このじじい」

みなまで言わせず、源二郎は袈裟懸《けさが》けの要領でその男にも角材を見舞った。徹平が「やりすぎっすよ、師匠！」と小声で言った。

「やりすぎってことはねえよ」

源二郎はうずくまった三人の腹を、角材で順繰りに突いてまわった。もちろん国政も容赦はしない。立ちあがって反撃してこられたら、体力的に不利だ。男たちの向こうずね一本一本に、丁寧に青あざをこしらえていった。

「どうもずいぶん舐《な》めた真似してくれたな、え？」

と、源二郎はドスを利かせた声で言った。「うちの弟子に手ぇ出したらどうなるか、わかったかこら」

「今度この町内で見かけたら、こんなものではすまないぞ」

国政も脛《すね》を打ち終え、宣言した。さすがに息が切れていた。しかしチンピラたちにもメンツがある。

「うしろから来やがって、卑怯だぞ！」

真ん中の男が吼《ほ》え、国政の足に抱きついてきた。国政はもんどりうって倒れこみ、腰をしたたか打った。そこからはもう、乱闘だった。

「喧嘩に卑怯もクソもあるかあほんだらが！」

「じじいはすっこんでろ！」

反撃に出たチンピラに応戦し、源二郎が角材で突きを繰りだす。加勢しようとするチンピラを、徹平が羽交い締めにする。仰向けに地面に倒れた国政は、馬乗りになったチンピラに左頬を殴られ、しかしひるむことなく手にした角材でチンピラの尻や背をはたき返した。死んでも「大往生だよ」ですまされかねない年齢だというのに、いったいなにをやっているんだと、なさけないやらおかしいやらで泣きそうだった。泣きそうになるのすら、何十年ぶりなのか思い出せないほどだ。

だが、体勢の不利はいかんともしがたい。腹部を圧迫され、つづけざまに頬を張られて、頭がくらくらしてきた。年寄りへの気づかいはないのかと憤慨したが、国政にまたがったチンピラの目は血走っている。さすがにまずいかもしれないと怖くなったとき、

「政！」

と叫ぶ源二郎の声が聞こえた。小さな風が起こったと思ったら、国政に馬乗りになったチンピラの喉もとへ、背後から源二郎がなにかを押し当てていた。

「動くな！」

源二郎は怒鳴った。あまりの迫力に、コインパーキングで揉みあっていた影がすべて静止した。

「これを見ろ」

国政は見た。源二郎はいつのまにか、角材のかわりに鋭く光る金属を握っている。

「お好み焼きのコテじゃねえぞ。丸包丁《まるぼうちよう》だぞ」

言われなくてもわかる。それは、羽二重を細かく裁断するときに使う、切れ味のいい刃物だった。ズボンのベルトにでも挟んで、持ってきていたのだろう。どうするつもりだ、と国政は目を見張った。馬乗りになったまま固まっていた男の喉が、緊張にひきつりながら上下するのが見えた。

「いいか、いますぐ消えろ。二度と川を渡ってくるな」

源二郎の全身から、空気が震えるほどの殺気が放たれた。「さもないと、こいつはこの場で血の川に沈むことになる」

徹平の腕を振りほどき、チンピラの一人が言った。

「ふかしてんじゃねえ、じじい！」

「ふかしだと思うか？」

国政は仰向けのまま、あえて静かに口を挟んだ。動きかけていた残りの一人のチンピラが、ひるんで足を止める。

「帰ったほうがいい」

と、国政は懇願の響きをこめてつづけた。「こうなったらだれも止められない。おとなしく帰ってくれ。この男は戦後の混乱に乗じ、闇市でヤクザを五人ほど殺したことのある狂犬だ」

まじかよ、と戦《おのの》く気配がチンピラたちのあいだに漂った。まじなわけなかろう。国政と源二郎は目を見交わし、ひっそりと笑いを噛み殺す。

「どうせ老いさき短い身だ」

と源二郎は冷たく言い放った。「ここでさらに一人二人やっちまっても、なんてこたぁねえ。死刑になるより、ぽっくりいくほうが早《はえ》ぐらいだもんなあ」

「そうだな、怖いものなしだ」

と国政も請けあった。「どうだ源二郎。最期にもう一度、ひさかたぶりの血の味をたっぷり味わってみるというのは」

「いいね」

源二郎は丸包丁の刃を、チンピラの喉に食いこませた。引かなければ傷つきはしないが、皮膚に当たる線状の圧力から、切れ味は予感できただろう。

「わかった！」

とチンピラは両手を上げ、国政のうえから退いた。仲間のもとにあとずさり、「行こう」と言う。残りの二人が悔しそうにぐずぐずしていたので、源二郎は無言で角材を拾い、丸包丁を持ったほうの腕も振りあげて、鬼気迫る形相で追いかける構えを見せた。ああいう男が出てくる映画が、以前にあったな。国政は身を起こそうとしながら考え、「『八つ墓村』だ」と記憶の底から引っ張りだしたときには、チンピラ三人は「わっ」と声を上げて走り去っていた。

徹平は魂が抜けたような風情で成り行きを見守っていたが、我に返って、国政と源二郎のもとにすっ飛んできた。

「すごいっす、師匠！　まじでその、ヤクザを五人も……？」

「まあな」

と源二郎は言った。国政は源二郎に助け起こされ、腰をさすりながらうながした。

「さあ、仕上げだ」

「まだなんかあるんすか?」

「ああいうやつらは、念入りに痛めつけてやらなきゃいけないよ、徹平くん」

国政は苦労してコインパーキングの金網を越え、源二郎と徹平とともに小船に乗りこんだ。エンジンが始動し、小船は暗い夜の運河をひた走る。

網の目のように広がる水路は、Y町で生まれ育ったものにとって、地図には決して書かれない道だ。家々の窓からこぼれる団欒《だんらん》の明かりが、水面《みなも》に映って行く手を照らす。走って逃げるチンピラたちに、案の定、水上から追いつくことができた。

「弾《たま》こめ!」

と国政は言い、小船に積んでおいたロケット花火にライターで火をつけた。源二郎も嬉々として加勢する。

「発射!」

道路と並行して流れる運河から、ロケット花火がチンピラめがけて次々に放たれた。弾ける音と光と火薬の香り。チンピラたちは悲鳴を上げ、一心不乱に加速しだした。

「ざまあみろ!」

徹平が歓声を上げて舵を切る。商店街の裏手にある水路に入り、さきまわりする戦法だ。水辺の窓が開き、酒屋のおやじが茶の間から顔を出した。

「おーい、なんの騒ぎだい？」

「ちょっとした追跡劇だよ！」

三人は小船のうえから手を振った。

荒川に出る手前で、橋を渡ろうとするチンピラたちを待ち受ける。寄せる川波、初夏の風。橋のたもとに姿を現したチンピラたちに、ありったけのロケット花火が浴びせかけられた。

「さよなら三角、また来て四角！」

「仲良く暮らす気になったらいつでも来いや！」

「Y町で待ってるぞー！」

国政と源二郎と徹平は、肩を組んで笑った。それから、舳先《へさき》を水路に戻し、それぞれの家へ帰った。


国政が路地を歩いていくと、角の二階屋から小学生の一団が出てくるところだった。

「ありがとうございました！」

屋内に向かって元気に挨拶し、小学生たちは笑顔で路地を歩きだす。

「きれいだったね」

「うん。楽しかった」

国政がすれちがいざまに見た小学生たちの手には、つまみで作った小さな野バラが大切そうに載せられていた。

開け放たれた戸口から、国政は源二郎の家の土間を覗いた。

「毎日暑いな」

「おう」

仕事場に寝ころんだまま、源二郎が軽く手を上げる。「そろそろくたばっちまいそうだ。上がってけよ」

国政は靴を脱ぎ、浴衣の裾をだらしなくはだけた源二郎の足もとに座った。

「徹平くんは」

「アイス買いにいかせた。おまえのぶんも買ってくるだろ」

「ごちそうになろう。子どもたちが来ていたみたいじゃないか」

「ああ」

源二郎は体を起こし、脛を掻いた。「夏休みの自由研究だってさ。つまみ簪についての発表なんて、いまどき喜ばれるのかねえ」

そうは言いつつ、うれしそうだ。

うだるような空気のなかを、底に涼しさを秘めた風が一瞬吹き抜けた。源二郎が急に肩を揺らして笑いだした。

「なんだ、気持ちの悪い」

「いや、考えてみりゃあ、親よりもかみさんよりも長い時間を、俺たちは過ごしてきたんだな」

「望んだわけではないけれどな」

「そこはお互いさまってやつだ」

国政は戸口の向こうに広がる夏の空を眺めた。白い雲が浮いている。蟬《せみ》が激しく鳴いている。

「のどかだな」

と国政は言った。

「昔もいまも、Y町はのどかだよ」

と源二郎は答えた。

長い長い流れの果てに、最後になるかもしれない夏を、またこの男とともに生まれた町でわけあっている。

悪くない、と国政は思った。飽きるほど繰り返した日々がもたらしたものがこれならば、生きて死ぬのも悪くはない。

「ただいまっす！」

と徹平がにこやかに戻ってくるまで、国政と源二郎はじっと動かず座っていた。

家々の裏手を流れる水路のせせらぎ。いずれ彼らを待ち受け押しやる、懐かしく優しいその音をただ聞いていた。

二

★幼なじみ無線

死後の世界がもしあるなら、それは運河の果てに広がっているのだろうと思っていた。荒川と隅田川に挟まれた、三角州のような墨田区Y町。この町には、ふたつの河川を結ぶ大小の運河が、迷路みたいに張りめぐらされている。

Y町の住人はかつて、道を歩くのと同じぐらいの頻度で、小船に乗って水路を行き来した。江戸前で獲《と》れた魚を運び、職人の作った工芸品を運び、町に出入りするひとを運んで、澄んだ水は血液のように流れた。

道が整備され、陸運が主体となったいま、水路を利用するのは一部の住人と観光客だけだ。それでも、この町で生まれ育った有田国政《ありたくにまさ》にとって、水の流れは常に身近な存在だ。

居間のカーテンを開け、家の裏手を流れる夜の水路を眺める。黒光りする水はゆっくりと家々のあいだを進み、幅の広い運河に集まり、やがて荒川に流れこむ。川は暗い海を目指し、潮と混じりあってこの星をめぐる。

その果てに死者の行き着く場所があるのではないかと、子どものころの国政はよく夢想した。水路に面した家には、必ず設《しつら》えられている小さな船着き場。国政の家の裏手にもあるそこに、死者の魂を乗せる小船が、いつの日かそっと船べりを寄せるのだ。

その夢想は、国政の心からさびしさをぬぐってくれた。母親が死んだ晩も、国政は居間から水路を眺め、運河と川と海と、それからもっと遠いどこかのことを想像した。

結ばれている。いつかきっと、俺も流れに運ばれ、流れによって結ばれたさきで、また親しいひとたちに会えるだろう、と。

子どもじみた、素朴な願望だ。母親は水路とは無縁の、築地にある近代的な病院で死んだのだし、そのころ国政は四十代で、とうに妻子もいたのだが。それでも、魂は小船に乗って死者の世界へ運ばれるはずだと、なぜかふいに感じられたのだった。

母の死から三十年が経ち、七十三歳になった国政はもちろん、もう魂の乗る船も死後の世界も信じていない。信じていないというより、そんな場所の存在を感じ取れなくなった。

死はそこまで迫っているのに、死後の世界は遠のくばかりだ。

たぶん、と国政は思う。七十三年間生きてきた結果が、これだからだろう。妻と娘たちは家を出ていき、国政と連絡を取りたがらない。死んだ両親が、そんな国政を心配して夢枕に立つこともない。

この世でまともにひとと結びつけなかったものが、死んでからどこかに結ばれるなどということがあるだろうか。

生命活動が停止したら、あとは暗黒が残るのみだ。二度とだれとも触れあえず、無に飲まれていくだけだ。

国政はカーテンを閉め、火の元を確認した。それから二階に上がり、布団に横たわった。水音をかき消す勢いで、庭で虫が鳴いている。夏はまたたくまにどこかへ去り、秋の気配が深まっている。

涼しさがよくないのか、鈍《にぶ》く腰が痛んだ。布団のなかで何度か姿勢を変える。秒針が夜を数えていた。

国政がどうも弱気になっているのは、加齢から来る腰痛のためばかりではない。

三丁目の角に建つ、堀源二郎《ほりげんじろう》の家を訪ねた。路地に面したガラス戸を開けると、土間で煙草を吸っていた源二郎が振り向き、「よう」と言った。国政が挨拶を返すより早く、源二郎の視線は仕事場で作業する弟子の手もとに戻る。

「こら徹平《てっぺい》！　それじゃあやわらかさが出ねえだろ。何回言わせるんだ、こんこんちきめが」

「はいっす！」

作業台でピンセットを操っていた吉岡《よしおか》徹平が、真剣な表情のまま額ににじんだ汗をぬぐった。

これだ。徹平のこの、若さゆえの輝きがまぶしいのだ。

つまみ簪《かんざし》職人である源二郎は、夏の終わりからようやく、徹平にも本格的に工程を手伝わせるようになっていた。張り切った徹平は、源二郎の監督のもと、ピンセットで薄く小さな絹を折り畳むことに連日励んでいる。

源二郎はこれまで弟子を取らなかった。ふだんはフラフラしているくせに、つまみ簪づくりに対する源二郎の没頭ぶりには、ただならぬものがある。国政は心のどこかで、若い徹平はいずれ、源二郎の厳しさに音《ね》を上げるだろうと予想していた。だから、徹平が作業台に向かっているのをはじめて見たとき、思わず源二郎に言った。

「ずいぶん、徹平くんを見込んでいるんだな」

「なあに。まだまだひよっこだ」

うれしさと誇らしさを隠しきれていない表情で、源二郎はそう答えた。

それ以来、国政のなかに憂鬱の霧が立ちこめるようになった。

徹平は会うたびに、つまみ簪づくりの腕前を上げていっているようだ。未来を切り開きつつある青年。その青年に慕われ、己れの持てる技をすべて伝授しようと意気込む源二郎。自分だけが置き去りにされる気がして、国政は年甲斐もなく、いや、年甲斐ゆえにか、嫉妬に似たあせりを覚えるのだった。

「茶でも飲んでいけよ」

と源二郎にうながされ、国政は茶の間に上がった。

「あ、お茶なら俺が」

気を利かせた徹平が、作業台から立とうとする。とたんに源二郎の浴衣《ゆかた》の裾がひるがえり、まわし蹴りが徹平の側頭部を襲った。

「がふぅっ」転げる徹平。

「ジャリたれが!」吼《ほ》える源二郎。

国政はひっくりかえった糊板《のりいた》を作業台に戻し、散らばった色とりどりのつまみを拾い集めた。

「おまえは茶の心配なんかしねえでいい」

源二郎は徹平に懇々《こんこん》と説いた。「もっと作業に集中しやがれ」

「はいっす！」

蹴りの衝撃でずれたらしい首の骨を鳴らしながら、徹平は再びピンセットを手に取った。素直な弟子に満足そうにうなずきかけ、源二郎が台所に消える。ヤカンに水を入れてコンロに置くだけとは思えない、騒々しい物音がする。

「きみも大変だな」

国政は徹平に同情した。

「俺のためを思って、やってくれてることですから」

徹平はまだ首をまわしていたが、笑顔で言った。「でも、師匠のいれるお茶って、すげえ味がすんですよ。有田さんと俺自身のためにも、俺が茶をいれたかったっす」

「まあ、あいつは昔から、職人としては一等だが、人間としてはやや破綻《はたん》気味だからな」

「奥さんが亡くなってから俺が弟子入りするまで、師匠はどうやって日常生活を営んでたんですかね」

徹平は手早く布を折り、簪の部品を作っていく。「みそ汁も三回に一回は飲めないぐらい辛くしちゃうし、飯も五回に一回はおこわみたいなんすよ。炊飯器の目盛りどおり、水を入れればいいだけなのに」

「このへんのスナックのママ連が、ちょくちょく煮物やらを差し入れしていたから。特に困ることはなかったんだろう」

ほぼヒモに等しいダメ男ぶりだ、と国政は思うが、崇拝に近く源二郎に心酔している徹平は、

「かっこいいなあ。やっぱりさすがっすよ、師匠は」

と身をよじらせる。

湯飲みを載せた盆を持って、源二郎が台所から戻ってきた。国政は茶を口に含んだ直後、横隔膜が痙攣《けいれん》するのを感じた。

「なんだこれは！　すっぱいぞ！」

徹平も、なんとかして茶を飲みこもうと苦悶の表情だ。源二郎だけが、

「ああ、梅干しをつぶして入れてみたんだ」

と、平然と湯飲みの中身をすすっている。梅干しの残骸らしきものが浮いた茶を、国政はうらめしく眺めた。源二郎は人間性のみならず味覚も破綻しているようだ。

徹平が遠慮がちに尋ねる。

「ちなみにいくつ？」

「冷蔵庫に残ってたやつを、全部」

「無茶っすよ、師匠！　それじゃ塩分摂りすぎ！」

「体にいいかと思ったんだよ。黙って飲めや」

源二郎が徹平の頭をはたこうとしたので、国政はあわてて止めた。

られてたぞ」


「暴力をふるうのはよせ」

「暴力なんておおげさなもんか。俺が弟子入りしたころなんざ、師匠に毎日、木槌《きづち》で頭かち割られてたぞ」

「おまえの石頭を基準にするな」

「なにをぅ。てめえは頭のなかがカチコチじゃねえか」

「いいっす、いいっす」

と、言い争いに割って入ったのは徹平だ。「師匠はちゃんと手加減してくれてるっすから」

せっかくかばったのに、なんだ。国政は憤然とし、すっぱい茶を意地で飲み干した。源二郎も徹平も、せいぜい熱き師弟愛を発揮して殴ったり殴られたりしていればいい。

「邪魔をした」

湯飲みを置いた国政は、さっさと茶の間から土間に下りた。

「有田さん！」

徹平に呼び止められたが、振り返らずに路地へ出る。「ちょっと師匠、有田さん帰っちゃいますよ。いいんですか？」

年を取れば取るほど、子どもに近づくというのは本当だ。午後の通りを歩くうち、国政は羞恥でいたたまれなくなってきた。

むきになって、子ども同然の拗《す》ねかたをしてしまった。源二郎と徹平は、あいかわらず互いを信頼し、技術を伝承するというひとつの目的に邁進《まいしん》している。それがうらやましく、妬ましくて、ついつい口を出した。「仲間に入れてほしい」と、無理な願いを言って手足をばたつかせる子どもと同じだ。

大きなため息をついたところで、

「有田さん」

と声をかけられ飛びあがった。飛びあがった拍子に、また腰が痛んだ。

いつのまにか、徹平がすぐうしろに立っていた。追いかけてきてくれたらしい。若者の健脚にはかなわない。耳が遠くなりつつあって、足音にも気づけない。

本当に年は取りたくないものだ。そう思いながら、国政は黙って徹平に向き直った。照れくささを押し隠すための無言だったのだが、徹平は国政が腹を立てていると解釈したようだ。

「あの……」

おずおずと徹平は切りだした。「すみません。俺のせいで、有田さんと師匠が喧嘩になっちゃって」

「べつに徹平くんのせいではないよ」

「師匠はここんとこ、有田さんを心配してました。なんか元気がない、って。それで、超まずい梅干し茶をいれたんだと思うっす」

「ちょっと腰が痛いだけだ。心配ないと伝えてくれ」

いまは腰痛よりも、梅干し茶のせいで高血圧にならないかどうかが心配なぐらいだ。

じゃあ、と歩きだそうとすると、「あの」と再び呼び止められた。

「また遊びにきてください」

国政と源二郎は、七十三年も幼なじみをやっている仲だ。喧嘩をしたいときにはするし、顔を見たくなったら訪ねる。これまでもそうだったし、これからもそうだ。徹平に言われるまでもない。

新参者のくせにお節介を焼く徹平に、国政は苛立《いらだ》ちを覚えた。だが、源二郎への独占欲と、変化を嫌う老醜をさらすのがいやだったので、

「もちろんだ」

と表面上はにこやかに答えた。


それから一週間、三丁目の角には足を運ばなかった。

かわりに日本橋の百貨店へ行った。孫娘が七五三のお祝いをする年にあたるはずだ。記念の贈り物を選ぼうと思った。源二郎につまみ簪を特注しようかとも考えていたのだが、頼りにしていると思われるのは悔しい。予定を変更することにした。

しかし、ろくに会ったこともない孫だ。なにを好むのかさっぱり見当がつかず、二時間ほど売り場をさまよったあげく、商品券を買った。

配送は頼まず、持ち帰ることにする。小さな箱に収められた紙束の軽さが、なんだかむなしく感じられた。

その夜、国政はひさしぶりに、娘夫婦と同居する妻に電話をかけた。

「あら、元気ですか」

と妻は言った。

「ああ」

沈黙が落ちる。妻からはそれ以上の質問も、ましてや新しい話題の提供もない。国政はつっかえつっかえ、「孫の七五三はどうするのか」と聞いた。

「近所の神社にみんなでお参りしようと思って、もう祈禱《きとう》の予約も着物の準備もしましたけれど」

「そうか」

また沈黙。しばらく待ったが、神社へ行く日取りを教えてくれる気配はなかった。「みんな」のなかに、国政が入っていないのは明白だ。

「じゃあ、また」

と国政は言った。

「はいはい」

と妻は言い、電話を切った。国政への挨拶というより、ちょうど「おばあちゃーん」と呼びかけた幼い声への返事のようだった。

まあいい。妻は娘一家と仲良くやっているようだ。それでよしとしようではないか。無理やり自分に言い聞かせる。

商品券を直接渡せそうもないことがはっきりしたので、居間のテーブルで宅配便の伝票を書いた。娘の夫の名前を思い出すのに一分半かかった。妻が残していったアドレス帳には、住所と電話番号と名字しか記されていなかったのだ。やれやれだ、と国政は思った。

表は風が強くなっているようだ。水路沿いの草のざわめきに耳を傾けていたら、電話が鳴った。国政はテーブルの裏に膝を打ちつけ、腰にも電流のごとき痛みが走るのを感じた。とにかく、不意打ちはやめてほしい。若いころとちがって、ちょっとの刺激でいつ心臓が停まるかわからないのだから。

腰と膝を交互にさすりつつ、受話器を取った。妻が考えを改めて連絡してきたのかもしれない、という期待は、あっけなく破れた。

「よう」

と電話線の向こうで源二郎が言った。

「なんだ。なにか用か」

落胆が八つ当たりに転じて、国政はぶっきらぼうに答えた。

「いや、用ってほどの用はねえが……。最近ちっとも顔を見せねえから、おっ死《ち》んでるんじゃないかと思ってな」

そうだな、おまえには徹平くんがいるものな。家でポックリ逝ったとしても、何週間後かにやっと腐乱死体で発見されるなんて事態には陥《おちい》らずにすむだろうよ。

国政は無性にいらいらし、自分がなんだかとても哀れな存在のようにも思えてきて、

「余計なお世話だ。放っておいてくれ」

と電話を叩き切った。年を取ると、ひがみっぽく短気になっていけない。

商品券は伝票を貼った紙袋に入れられ、あとは発送するばかりとなって、テーブルにぽつんと載っている。

ばかばかしい。もういっそのこと、俺の心臓なんて今夜停まってしまえばいいんだ。国政は伝票の「品名」の欄に、カモフラージュのために「タオル」と書き殴った。「おじいちゃんたら、タオルなんて送ってきて」と、封を開けもせず捨てられてしまいそうな気もしたが、かまうものかと思った。


国政はテレビもラジオもつけず、悶々としたまま布団に入ったため知らなかったが、Y町には大型の台風が接近中だった。

夜半過ぎに尿意を覚えて目を覚ますと、大きな雨粒が窓ガラスに激しく吹きつけていた。秋の台風は厄介だ。古い家屋全体が風に軋《きし》んでいる。

倒壊しなければいいがと思いながら、トイレから戻るついでに家じゅうの雨戸を閉めた。それだけの作業をするあいだに、パジャマの前面がびしょ濡れになった。新しいパジャマに着替え、また布団にもぐる。

耳が遠いおかげで、風雨に妨げられることなく、すぐに眠りに引きこまれた。

二度目の尿意を覚えたのは、明け方のことだった。起きあがった国政は、布団のすぐ横に水たまりができているのを発見した。

雨漏りだ。ぴちゃん、ぴちゃんと、天井から次々に水が滴ってくる。ちっとも気づかなかった。まったくもって、耳が遠いおかげだ。

国政は舌打ちし、薄暗い階段を慎重に下りた。まずはトイレで用を足し、雑巾と洗面器を持って寝室に戻る。濡れた畳を拭こうと身をかがめたとたん、悲劇は起こった。

「ぐぬぁ！」

あまりの激痛に、しばらくは身じろぎもままならなかった。脂汗を垂らし、四つん這いに近い体勢でうずくまる。

これが噂に聞くぎっくり腰か……！

さきにトイレに行っておいてよかった。そうでなかったら、衝撃で漏らしていたところだ。しかし、どうしたものか。電話は階下にある。叫んで隣家に助けを求めようにも、早朝のうえに痛みで声が出ない。

国政はなんとか指さきで洗面器を引き寄せ、天井からの水滴を受ける位置に置いた。その動作で力つき、あとはもう、うめくほかなかった。

このまま動けなかったら、死ぬしかない。ぎっくり腰で死ぬのか。なさけない。

悔しさと痛みと恐怖で、涙が少々出た。畳に広がっていた雨水を吸って、パジャマのズボンの裾が重く湿っていった。

結論から言うと、国政は死なずにすんだ。洗面器が水でいっぱいになるより早く、源二郎がやってきたからだ。

午前七時、源二郎は暴風雨をものともせず、小船で国政の家の船着き場に乗りつけた。国政は二階で這いつくばったまま、近づいてくる小船のエンジン音を聞いていた。

「おーい、政。すごい台風だな。おい、寝てんのか、政！」

水路から庭に上陸した源二郎が、居間の雨戸をガタガタ揺らす。国政は答えることができない。

頼む、源。気づけ、気づいてくれ。

切なる願いが届いたのか、源二郎は玄関先にまわったようだ。けたたましくチャイムが連打された。少しの静寂。

諦めて帰ってしまったのかと、国政は固く目を閉じた。そのとき、玄関の格子戸にはまったガラスが、派手な音を立てて割れた。荒々しい足音が階段を上がってくる。

「政！」

勢いよく襖《ふすま》が開き、黒い雨合羽《あまがっぱ》を着た源二郎が部屋に飛びこんできた。幼なじみの姿が、これほど頼もしく見えたことはない。

「どうしたんだ、大丈夫か！」

「ゆ、揺すらないでくれ」

国政は力なく言った。電撃のごとき痛みが、息をするのも苦しいほど絶え間なく襲いかかる。

「どうもぎっくり腰になったらしい」

「なんだと。そりゃあ、どうしたら治るんだ」

「安静にしていれば、たぶん」

源二郎の手を借り、国政はやっとのことで布団に身を横たえた。源二郎は弾《はず》みで洗面器を蹴飛ばし、畳に盛大に水を撒きちらしたが、国政は助けられた手前、文句は言わなかった。

「本当に、寝てりゃ治るのか？」

洗面所から勝手に持ってきたバスタオルで畳を拭きつつ、源二郎が心配そうに国政を覗きこむ。「死人みてぇな顔色だぞ。救急車を呼んだほうがいいんじゃねえか」

「死人なら霊柩車《れいきゅうしゃ》だろう」

「冗談はよせや」

最初にたとえたのは自分のくせに、源二郎は顔をしかめた。国政は細く息をつく。

「大丈夫だ」

エビのように体を丸めていたら、少し楽になってきた。余裕が生まれ、源二郎の手の甲に切り傷があることに気づく。

「怪我をしているぞ」

「ああ、これ」

源二郎は傷口を舐《な》めた。「石でガラスを割るとき、ちょっとかすっただけだ」

「ガラス……」

「そうだ！」

年に似合わぬ俊敏さで、源二郎は立ちあがる。「おまえんちの玄関、破壊しちまったんだった。段ボールかなんかで、とりあえず補修してくる」

またもや騒々しく階段を下りた源二郎が、しばらく玄関で奮闘する気配がした。ついで、国政に断りなく、台所にある電話を使いだす。

「おう、徹平。俺だ、俺。のんびり寝てる場合じゃねえぞ。国政がぎっくり腰になっちまった。……そうそう。それでおまえ、ちょっと調べてくれや。なにって、ぎっくり腰の治療法だよ。あん？　携帯でいっつも、マミちゃんとデートする場所を調べてんだろうが。同じように、ちゃちゃっとさ。……載ってるって。ネズミ王国の情報が調べられるんなら、ぎっくり腰の情報も絶対載ってるって。いいから早くしねえか、べらぼうめ！」

電話を使わなくとも、肉声で徹平の家まで届きそうな大声だ。源二郎は相当あせっているらしい。どかどかと寝室に戻ってきて、国政の枕元に座りこんだ。

「まだ痛いか」

「そうすぐによくなるわけないだろう。もう帰っていいぞ」

「来たばっかりだろ」

「それじゃあせめて、合羽を脱いだらどうだ」

「忘れてた」

源二郎は合羽を脱ぎ、畳んでかたわらに置いた。濡れているんだから吊さないと……、と国政はやきもきしたが、言っても無駄だと思ったので黙っていた。

源二郎は、合羽に押しこんでいた浴衣の袖をのばし、フードのせいで蒸れたらしい禿頭《とくとう》を右手で撫でた。わずかに残った髪は、毛先付近が初夏に染めた赤、新たにのびた部分が白、となにやらめでたいありさまになっている。

「なぜ急に、朝から訪ねてきたんだ」

「虫が報《しら》せたのかねえ」

源二郎は頭皮を掻いた。「なんかこう、おまえが呼んでる気がしたんだ。七十年以上もつきあいがあると、専用の無線が頭に内蔵されるんだな、きっと」

そんなわけがあるか。この頓狂な男に助けられたのかと思うと、国政はため息を抑えられない。ついでに、トイレにも行きたくなってきた。濡れたパジャマのズボンも穿き替えたい。

「おまえいま、便所に行きたいだろ」

と源二郎が言った。本当に無線が内蔵されているみたいだ。国政は少し驚いた。

「ああ。手を貸してくれ」

「いいともさ」

源二郎は布団をはぎ、どこに隠し持っていたのか、からの二合瓶を掲げてにじりよってきた。

「待て待て！　どうするつもりだ」

「どうするって、溲瓶《しびん》なんかないだろ？　しょんべんなら、これにしろよ。俺が支えてやるから」

なにを支える気だ。

「けっこう！」

と国政は必死の思いで叫んだ。

根本の部分で、源二郎とは意思の疎通《そつう》ができない。無線は混線気味だ。

源二郎に肩を借り、国政はなんとかトイレへ行って小用を足した。居間にある救急箱を取ってこさせて、源二郎の手の傷を消毒してやった。「腹がへった」と言うので、階段近くまで這っていき、一階の台所に立つ源二郎に向けて、みそ汁をあたためたり、冷凍ご飯をチンしたりする指示を下した。

大変疲れた。

「帰らないのか」

「なんでそう、帰ってほしがるんだよ。いいから療養に専念しろ。もうすぐ徹平も来るはずだ」

おまえがいるから、療養に専念できないんだ。と言いたかったが、源二郎は親身な表情だ。国政は、「早く徹平くんが来て、こいつを連れ帰ってくれるといいんだが」と切に願った。

台風は遅々とした進みだ。Y町は未だ暴風圏内にあった。

源二郎はいま、国政の枕元であぐらをかき、居眠りしている。雨漏りが範囲を広げないか見張る、と言ったくせに、規則正しく落ちる水滴を注視するうち、睡魔に襲われたようだ。

まったく役に立たない。

国政は布団に横向きに寝そべり、水かさを増す洗面器と、源二郎の膝のあたりを眺めていた。

庭木がざわめき、どこかで看板が倒れた。天井が軋み、洗面器が小さくリズムを刻む。あらゆる音があふれているのに、部屋のなかはどこか静かだった。「ぷす、ぷす」と、源二郎が珍妙な寝息を立てている。

「こんにちはー」

と、玄関から徹平の声がした。「うわ、なんだこの戸。強盗でも入ったんじゃないだろな。ししょー、有田さーん」

源二郎がぽかりと目を開け、

「おう徹平！　こっちだ」

と弟子を呼んだ。

「お邪魔します」

階段を上がってきた徹平が、遠慮がちに寝室に顔を出す。「大丈夫っすか、有田さん」

「ああ、悪いな、徹平くん」

国政は起きあがろうとして果たせなかった。「こんな嵐のなかを来てもらって」

「いえいえ」

徹平はひとのよい笑顔で首を振る。「うちのばあちゃんも、ぎっくり腰で大変だったんすよ。電話して聞いたら、まずは冷やすのがいいって」

コンビニの袋から氷を取りだす。源二郎がすかさず受け取り、国政のパジャマを有無を言わせずめくって、パッケージごと氷を押しつけた。

反射的に腰がそる。「ひよっ」と変な声が出た。冷たいし痛い。

「頼むから直接は……、直接はやめてくれないか」

国政は息も絶え絶えで訴える。

「あと、これ」

徹平は師匠の暴虐をよそに、持参したものの披露をつづけた。「レトルトのおかゆっす」

「ありがとう。しかし、腹を壊したわけではないんだが」

「看病にはおかゆがつきものっすよ。ね、師匠」

「ああ」

「看病？」

いやな予感がして、国政は源二郎と徹平の顔を見比べた。「だれがだれを看病するんだ」

「俺がおまえをだよ」

源二郎が力強く言った。いつのまに決まったことなのだろう。異議を唱える気力も失せ、国政は枕に頬を沈めた。

「それから、腰痛ベルトも買ってきたっす。整骨院のおやじ、台風をいいことにまだ寝てやがったから、叩き起こしてやりましたよ」

「うん、とにかくありがとう。そこの箪笥《たんす》にタオルが入っているから」

ずぶ濡れの徹平を案じ、国政は部屋の隅を指した。だが徹平は、

「いいっす、いいっす」

と腰を上げる。「師匠はしばらく、有田さんちに泊まりこみですよね？　俺、留守番します」

「頼んだぞ。俺がいなくても、一日に十五枚は下絵を描けよ。あとでチェックするからな」

「はいっす！」

威勢よく返事した徹平は、そこで急にもじもじしはじめた。「あの、師匠んちにマミさんを呼んで、一緒に泊まらせてもらってもいいすか」

「そりゃかまわねえが、なんでだ」

「最近、アパートで俺たちがラブラブしてると、隣の部屋のやつが壁を叩いてくるんすよ」

「てめえ、俺の家をラブホテルがわりに使おうたぁ、ふてぇ野郎だなこら」

源二郎に尻をはたかれ、徹平は「でへへ」とやにさがる。

「まあいい、好きにしろや。だが、ちゃんと仕事はするんだぞ」

「うす！　じゃ、有田さん。お大事にしてください」

徹平は浮かれた足取りで、嵐にめげることなく帰っていった。

さすが、この師匠にしてこの弟子ありだ。国政は腰に氷を載せたまま、ひそかにため息をつく。国政が若いころは、結婚まえの素人の男女が親しく交際するなど、考えられなかった。

「おまえ、徹平くんの放縦《ほうじゅう》を許しすぎじゃないのか」

「あん？　いいじゃねえか」

源二郎は腰痛ベルトの封を開け、説明書きを読んでいる。「盛《さか》りがつく年ごろなんだよ。政だってそうだったろ？」

「おまえじゃあるまいし、そんなことはない」

「またまた。過去を過剰に清らかに語ったり、過剰に女遊びしたみてぇに語ったりするのは、じじいになった証拠なんだぞ」

源二郎は豪快に笑い、腰痛ベルトを片手に国政の体をひっくりかえした。「まずは腰を治して、現役に復帰しろや。な？」

「おまえもう、本当に帰ってくれんか」

海苔《のり》巻きのように布団のうえで転がされた国政は、涙目になって訴えた。


国政の抗議もむなしく居座りつづけた源二郎は、源二郎なりに甲斐甲斐しく世話を焼く。家じゅうにハタキをかけ、台所に備蓄してあった缶詰の賞味期限を調べ、押入を整理して冬用布団が入った布団圧縮袋の空気を掃除機で抜き直した。どれも、今日やらなくてもいいことばかりだ。そのたびに国政は、埃《ほこり》にむせたり、寝そべったまま缶詰の錆《さび》を拭かされたり、うとうとしかけたところで騒音に悩まされたりした。

夕方近くになって、Y町はやっと台風の勢力圏からはずれたようだ。源二郎が寝室の雨戸を開け放つ。

「見ろよ、政。すごい勢いで雲が流れていくぞ」

刻々と形を変える灰色の雲の合間に、茜色《あかねいろ》の秋の空が覗いている。明日はきっと晴れるだろう。

「商店街まで、夕飯の買い出しに行ってくる」

と源二郎は言った。「なんか食いたいもんあるか」

「まだ風が強い。缶詰もあるし、今夜は適当でいいんじゃないか」

「湿布《しっぷ》の買い置きが必要だろ。すぐ戻る」

源二郎の乗る小船のエンジン音が、水路を遠ざかっていく。

台風で増水して、今日は流れが速いのではないだろうか。もっとちゃんと引きとめればよかった。身動きできずに待つしかない状態だと、次々に心配の種が浮かんでくる。

国政はなんだか心細くなった。そして、こんな心細さを源二郎には味わわせたくないものだと思った。

いままでは、「自分が死んでも、離れて暮らす家族はもとより、幼なじみの源二郎ですら、なんとも思わないかもしれない。若い弟子に夢中だからな」などと、いじけたことを考えていた。だが、ぎっくり腰になって目が覚めた。いじけるのは、もうよそう。源二郎よりさきに死ねない。死にたくない。

国政は、なるべく長く生きて源二郎を看取ってやりたいと思った。もちろん源二郎は、町内に顔なじみが多いし徹平もいる。放っておいても、一人で死ぬような事態にはならないだろう。それでも、源二郎と同じ時代を生き、だれよりも長い時間を共有したのは国政だ。妻に先立たれ、血をわけた子どももいない源二郎を、国政までが置いていくような真似はできない。したくない。

国政の決意と心配をよそに、源二郎は一時間ほどして、無事に買い物から帰ってきた。

「やっぱり、すごい嵐だったんだなあ。理髪店の看板が吹き飛んだってよ」

と、のんきな口調だ。しかし、どこか元気がない。

「なにかあったのか」

と聞いたが、源二郎は「なんでもない」の一点張りで、台所に下りていった。祭りの太鼓かと思うような音を立て、料理に取りかかったらしい。いったいどんな夕飯ができるのやら、と身構えていると、ややあって源二郎が、盆を手に寝室に戻ってきた。

枕元に置かれた盆を見て、国政は眉を寄せた。

「買い出しに行ったんだろう」

「ああ」

「それなのになぜ、レトルトの粥《かゆ》なんだ」

「まあいいじゃねえか、細かいことは」

源二郎は笑った。米を炊くのに失敗したもようだ。ひじきの総菜と粥で夕飯をすませた。国政は体を起こすのがつらかったので、横向きに寝そべったままスプーンとフォークで食べた。

「食わせてやろうか」という申し出は、丁重に断った。

食べながら観察したところ、やはりどうも源二郎の様子がおかしい。この表情には、いやというほど見覚えがある。子どものころ、近所で飼っていた鶏を誤って逃がしてしまったときも、酔っぱらって荒川に転落し溺れかけたときも、こんな顔をしていた。

食後の茶をストローで飲み終え、国政は言った。

「それで、いったいなにをしでかしたんだ」

「なんでわかった」

「カエルを飲みこんだみたいな顔を見せられたら、わかるに決まっている」

源二郎はしばらく、あぐらをかいた脚を組み替えたりしていたが、やがて覚悟を決めたのか、

「あのな」

と遠慮がちに切りだした。「居間のテーブルに、娘んちに宛てた荷物があっただろう。あのなかには、どんなタオルが入ってたんだ?」

「商品券だ」

「なに?」

「伝票に『タオル』と書いたのは嘘で、実際は商品券だ。孫の七五三の祝いに」

「……いくらぶん?」

「三万円」

「奮発したな、おい」

「たまにはいいだろう。めったに会えないんだから」

本当は、会わせてもらえないのだが。国政は自嘲し、

「荷物がどうかしたのか?」

と尋ねた。

「すまん！」

と、源二郎が頭を下げた。「水没した」

「スイボツ？」

咄嗟《とっさ》に意味がつかめず、国政は首をかしげる。禿頭を光らせながら、源二郎が必死に言い訳をはじめた。

「いや、買い物に行くついでに、荷物も発送しようと思ったんだ。それで小船を走らせていたら、突風が吹いて、あっというまにビューッと。もちろん拾おうとしたんだが、ポチャン！あっというまにザーッ、ブクブクブクッと」

「落ち着け」

擬音を連発する源二郎をなだめ、国政はため息をついた。

「すまん！」

源二郎は再び頭を下げた。「弁償するから」

「かまわないよ」

「だっておまえ、三万っていったら大金だぞ」

言われるまでもなく、貯金と年金でやりくりしている国政にとって、三万円というのは大きな出費だった。だが、源二郎は親切心で荷物を発送しようとしたのだし、吹いた風を責めるわけにもいかない。商品券が水没したのは不幸な事故だ。

「いいんだ」

国政は心の底から言うことができた。「もう気にするな。この話は終わりだ」もとから、求められてもいなかった商品券だ。ちゃんと届いていたところで、開けられもせず放置されたかもしれない荷物だ。

国政が笑ってみせたので、源二郎も納得するほかなかったのだろう。少し気が軽くなったのか、いつもの調子を取り戻した。

風呂を使った源二郎は、脳天からほかほかと湯気を上げ、自分のぶんの布団を敷いた。つづいてお湯の入った洗面器とタオルを持ってくると、

「拭いてやる」

と言い張った。

「新陳代謝も落ちているから、そんな必要はない」

と断ったのに、聞き入れない。背中を強く拭かれ、新しい湿布を腰じゅうに貼られ、またもや転がされて腰痛ベルトを締め直されたころには、国政は疲労困憊《こんぱい》の体《てい》だった。

源二郎はといえば、「するべきことはすべてした」と言わんばかりに満足そうだ。

「どうだ、俺がいてよかっただろう」

と一方的に断じ、寝室の明かりを消した。

一日じゅう布団のなかにいたためか、国政はなかなか寝つけなかった。腰が痛くて寝返りも打てないので、しかたなく、薄闇に浮かびあがる源二郎の横顔を眺める。

「なあ、源」

「あん？」

「死んだあとのことについて、考えたりするか」

「葬式の心配か？」

源二郎は眠そうな声だ。「よせよせ。死人が自分の葬式を采配できるわけねえんだから」

「そうじゃない。死後の世界という意味だ」

返事はなかった。隣の布団から、大きないびきが聞こえてくる。

どこまで迷惑なやつなんだ。

一人でのびのびと眠れた夜が恋しい。国政は腹が立つような笑いたいような気分で、歯ぎしりまで加わった大音声《だいおんじよう》を耐え忍んだ。


国政が三日後には歩けるようになったので、源二郎は自宅へ戻った。それからとんと姿を見せない。

重いものを持ったりかがんだりはできない国政のために、徹平が買い物を代行し、食材を家へ届けてくれている。その徹平によると、

「師匠は忙しいみたいで」

とのことだ。「七五三用の注文がガンガン入ってるし、正月用の簪のデザインもしなきゃならないし」

七五三か。国政は水路に消えた商品券を思って、少し憂鬱になった。もう一度祝いを用意す

るべきか、これ幸いと知らん顔を決めこむべきか。

腰痛にうめいているときは、子どものいない源二郎を哀れむような考えを抱いた。だが、まったく傲慢かつ余計なお世話だったかもしれない。妻も子も孫もいるにもかかわらず、国政は彼女らとどう対峙していいのかわからず、途方に暮れるばかりなのだから。

源の心配をするまえに、俺は自分をなんとかしなければならないな。

国政は我が身の不甲斐なさを内心でぼやき、茶をすする徹平を見た。源二郎の若い弟子は、マミと数日間、思うぞんぶん仲良くしたせいか、血色もよくにこにこしている。

「でも有田さん。よかったっすねえ、案外早く治って」

「きみにも迷惑をかけて、すまない」

「そんな、全然っすよ」

徹平は朗らかに手を振ってみせる。「また買い物があったら、いつでも声かけてください。師匠にも、有田さんのお手伝いをするように言われてるんで」

「だが、忙しい時期なんだろう?」

「俺は全然っすよ」

と、徹平はまた手を振った。「師匠に下絵を見せたら、『なんだこりゃ、死にかけの金魚かバカヤロー』って、さんざんでした。鯛《たい》のつもりだったんだけどなあ。早く一人前になりたいっす」

しかめ面《つら》をする徹平がおかしくて、国政は肩を揺らした。

「あせることはない。きみにはたくさん時間があるんだから」

腰の回復は順調で、さらに数日もすると散歩もできるようになった。まだ腰痛ベルトは手放せないが、リハビリもかねて町内をめぐる。

商店街の飾りが、いつのまにか紅葉仕様になっている。澄みわたった空は高く、風は乾いてさわやかだ。

秋は好きだ。短い季節だけれど、押し寄せる寒さに備えようとする活力が感じられる。

そういえば、子どもはあんまり、「秋が好き」とは言わないかもしれないな。国政は含み笑った。国政も小さいころは夏が好きだった。泳いだり虫捕りをしたり、遊びがたくさんある季節だったからだ。秋なんて、あるのかないのかわからない季節だと思っていた。源二郎は、芋がうまいと喜んでいたが。

人生の秋どころか冬に足を踏み入れたからこそ、秋のよさがわかるようになったのだろうか。

商店街で夕飯のおかずを買い、角の二階屋のまえで足を止めた。ガラス戸越しに覗くと、源二郎は浴衣姿で作業台に向かっていた。かたわらに正座していた徹平が、国政に気づいてすっ飛んできた。

「有田さん、だめっすよ！　なんで俺を呼んでくれないんすか」

国政の手から買い物袋をもぎ取り、「寄ってってください」とうながす。

そのやりとりの最中にも、源二郎は顔を上げなかった。仕事場に上がった国政は、源二郎の手もとを覗く。使いこまれたピンセットを器用に操り、源二郎はつまみ簪づくりに集中しきっていた。二センチ四方ほどの白い絹を、みるみるうちに折り畳んでは、糊板に並べていく。機械のように正確な手さばきだ。茶を運んできた徹平が、気づかわしげな視線を源二郎に向けた。

「『いいデザインを思いついた』っつって、昼飯も食わずにやってるんすよ」

「この調子なら、期日どおりに注文をさばけそうじゃないか」

「それはどうですかねえ。師匠はやる気に波があるんで、明日には飽きてそうな感じもします」

徹平はおとなびた口調で言い、束になった注文書を数えた。

国政が滞在した数十分のあいだ、源二郎は結局、一度も作業の手を止めなかった。たぶん、国政の訪問に気づいてすらいない。たしかに、こんな集中力を毎日発揮するのは不可能だ。すぐにまた、いつものちゃらちゃらした源二郎に戻って、徹平をがっかりさせるのだろう。

むらっ気のある源二郎が、師匠としての威厳と手本を示せるのは、年に数回あればいいほうだ。でも、それでいいと国政は思う。源二郎が作る簪は常に、源二郎の命を吸い取ったかのごとく、まがまがしいほど繊細な美を湛《たた》えているからだ。魂を注ぐように作業台に向かう源二郎の姿は、なんだか恐ろしかった。

「ほどほどにしておけと伝えてくれ」

買い物袋を持って家までついてきた徹平に、国政はそう言い含めた。


それにしても、老後というのはすることがない。

国政は時代小説の文庫をテーブルに置いた。老眼で文字を追うのも一苦労だし、腰が完治しないから遠出もできない。簪づくりに熱中する源二郎の邪魔をするわけにもいかないので、国政はきわめて退屈な日々を送っていた。

こりゃあ、なにか趣味でも作らんと、本当にボケてしまうぞ。

とはいえ、元来が無趣味の身だ。やりたいことを急に思いつけるはずもなく、とりあえず夕飯を作るために椅子から立った。

「立つときが要注意なんだ」

腰をかばいつつ独り言を言っていることに気づき、やれやれと首を振る。居間の窓から覗く空は、すっかり暗くなっている。日が暮れるのが早くなった。電気をつけ、台所で豆腐のみそ汁を作り、総菜屋で買ったきんぴらごぼうを皿に盛りつけた。

これだけでは、さすがにさびしいか。

面倒だが、もう一品なにか作ろうと冷蔵庫を漁《あさ》っていると、水路から小船のエンジン音が聞こえた。つづいて居間の掃きだし窓が開き、

「おう、政。俺にも飯食わしてくれ」

と源二郎が上がりこんできた。

集中力の高波は、さっさと沖に引いていったらしい。

あと二、三品、おかずがいるな。国政はしずしずと大根を手に取った。持ちあげる動作も、要注意だ。

らげた。

茄子《なす》の鴫焼《しぎや》きと金目鯛《きんめだい》の煮付けと大根サラダも加わった夕飯を、源二郎はまたたくまにたいらげた。

「はー、満腹、満腹。ごちそうさん」

「なにをしに来たんだ、おまえは」

食器を片づけるでもなく、くつろいで新聞を広げた源二郎に、国政は毒づく。

「そうだ、忘れるとこだった」

源二郎は懐《ふところ》から、桐の小箱を取りだした。「孫は女の子だったよな」

「ああ」

「じゃ、七五三の祝いに、こいつを贈るってのはどうだ」

蓋を開けると、つまみ簪が入っていた。上品な桃色と金の鞠《まり》の下に、白とベージュの花が星のようにちりばめられている。子ども用のつまみ簪としては、地味な色づかいだ。だが、手のこんだつくりなのは一目でわかる。

「このごろずっと作っていたのは、これか?」

「ああ。商品券と比べたら融通が利かねえが、勘弁してくれや」

源二郎はすまなそうに言った。

国政は黙って、凜《りん》とした簪を眺めた。この簪を作っているときの、源二郎の真剣な眼差しを思い浮かべた。

なにも言わない国政に、源二郎は不安になったらしい。一生懸命、注釈しだした。

「一応、どんな色の着物にも合うようにしたんだ。徹平のアイディアも取り入れてさ。ほら、鞠と花を別々にしても使えるデザインなんだよ。うちに持ってきてくれりゃあ、いつでもはずしてやる。これなら、花の部分だけを成人式にも挿せるだろ」

「成人式って……。おまえ、どれだけ長生きするつもりだ」

「なあに」

源二郎は笑った。「俺が死んじまってても、そのころには徹平が一人前の簪職人になって、看板を継いでるさ」

国政も笑おうとして、果たせなかった。熱い空気の塊がこみあげ、胸が詰まった。

「政？　やっぱり気に入らねえか？」

簪を手にうつむいた国政を、源二郎が覗きこんでくる。

「こんなこと、してくれなくてよかったんだ」

国政は声を絞りだした。「あの商品券は、水路に落ちるまえから紙くずだった」

うつくしい簪に化けるほどの価値は、最初から宿していなかった。

「どうしてそんなふうに言うんだ」

「おまえだって知ってるだろう。妻も娘も、俺を七五三に呼ぶつもりなどハナからない。孫は俺の顔なんて、とうに忘れてる。せっかくおまえが簪を作ってくれたところで……」

「悪い癖だなあ、政」

源二郎は国政の肩をそっと叩いた。「そうやって、欲しいもんを欲しいと言わずに諦めちまうのは、おまえの悪い癖だ」

源二郎はどこからともなく名刺を出すと、自分の名前の隣に「吉岡徹平」とボールペンで書き添えた。

「この名刺を入れて、簪を孫に送れよ。ちゃんと手紙もつけてな」

いいな、絶対だぞ。源二郎は何度も念押しし、小船に乗って帰っていった。

夕飯の皿洗いぐらいしていけ。

国政はなるべくまえかがみにならないよう注意しながら、台所で食器を片づけた。手もとを照らす蛍光灯が、虫の羽音のようにかすかに鳴っている。

洗い物を終えた国政は、しばらく迷ったすえに、短い手紙を書いた。

せいちゃんへ
七五三おめでとう。せいちゃんが大きくなって、おじいさんはうれしいです。
このかんざしは、おじいさんのむかしからの友だちがつくったものです。よかったら、つかってください。
おとうさん、おかあさん、おばあさんに、よろしく。げんきで、たのしくすごしてください。

おじいさんより

ガラス屋は手際よく、玄関の格子戸を修繕している。

「まだ直してなかったのかよ」

作業の様子を眺めながら、源二郎は門のそばで煙草をふかしている。

「泥棒に盗られるようなものもないしな」

源二郎のかたわらに立ち、国政は言った。

「それにしてもなあ。のんびりにもほどがあると思うぞ」

「もとはと言えば、おまえが壊したんだろう」

風は涼しいを通り越して肌寒い。山のほうでは、そろそろ本格的に紅葉がはじまったらしい。隙間風に負け、国政はようやくガラス屋に電話したのだった。

「そういえば、簪は送ったのか?」

形勢不利を察したのか、源二郎が素早く話題を変えた。「もうすぐ七五三だろう」

「送った」

「連絡は」

「ない」

国政は吹く風に体温を奪われないよう、腕組みした。「それでもいいんだ」

歓迎されなかったとしても、かまわない。一番贈りたかったものを、孫のもとに届けることができた。それだけで満足だ。そう思えるようになった。

曇りのないガラスが格子戸にはまり、作業は完了した。国政はガラス屋に代金を支払い、振り返って源二郎に声をかけた。

「入らないか。冷えてきた」

源二郎はくわえ煙草でしゃがみこみ、玄関先に植わった万両《まんりょう》の赤い実を見ていた。新しい簪のデザインを考えているのかもしれない。

「おい、源」

「なあ、政」

源二郎がしゃがんだまま顔を上げる。「おまえ、死後の世界について考えるかって聞いたよな」

「寝てたんじゃなかったのか」

国政はふいを衝《つ》かれ、ぶっきらぼうに言った。あのときは弱気になっていた。幼稚なことを尋ねたものだと、恥ずかしくなった。

源二郎はなにやら思案する風情で、指さきで頬を掻いた。

「俺は、考えたことねえんだ。死後の世界なんてないと思ってる」

「妥当だな」

だが、少しさびしいとも国政は感じた。死んだあともまた会えればいいのに、そうはならないと、国政も源二郎も、心のどこかですでに知ってしまっている。それがさびしかった。

「俺が思うのはな」

源二郎は赤い実に視線を戻し、静かに言った。「死んだ人間が行くのは死後の世界なんかじゃなく、親しいひとの記憶のなかじゃないかってことだ。親父もおふくろもきょうだいも師匠もかみさんも、みんな俺のなかに入ってきた。たとえばおまえがさきに死んでも、俺が死ぬまで、おまえは俺の記憶のなかにいるだろう」

源二郎らしい考えかただ。国政は小さく微笑む。

「その説でいくと、ボケないように願わないとな」

「おきゃあがれ」

悪態をつく源二郎を見て、国政は今度こそ声を上げて笑った。

死んでも、親しいひとのなかに生きる。そうだな、源。それはいい考えだ。

記憶のなかの死者とともに、せいぜい長生きしよう。うしろ向きだとは思わない。新たに出会う生者より、死んだ知りあいのほうが多い。そんな年齢に、とっくになっているのだから。

いつか、と国政は夢想する。いつか、記憶のなかのおまえから無線が入り、いまから小船で迎えにいくと言ってもらえたなら。二人で一緒に小船に乗って、だれかの、たとえば徹平の、記憶のなかへと水路を流れていけたなら。

国政の生と死は、このうえなく幸せなものになるだろう。

「表で煙草を吸うには、つらい季節になったなあ」

源二郎は肩をさすり、立ちあがった。

「家で吸えばいいだろう」

「徹平がうるせえんだよ。布にヤニがつくってさ」

ほらほら、と源二郎が国政の背を押した。「茶でもいれてくれや」

「ずうずうしい。それこそ、自分の家で飲め」

「いやだ。俺は今日、注文書も徹平のツラも見たくねえ気分なんだ」

「弟子の尻に敷かれるとは、なさけないやつだ」

国政はこめかみを揉む。「ところで、ガラス代は払ってくれるんだろうな」

「えー。おまえ、そりゃねえだろ。人命救助のための破壊行為だったんであって……」

反論する源二郎をいなし、国政は玄関の格子戸を開けた。買ったばかりの上等の葉で、茶をいれてやろうと思った。

三

★象を見た日

墨田区Y町は、荒川と隅田川に挟まれた三角地帯だ。ふたつの河川を結ぶ運河が、町じゅうに張りめぐらされている。ほとんどは小船が通れるぐらいの幅しかないから、水路と言ったほうがふさわしいかもしれない。

実際、水の流れはY町のもうひとつの道だ。江戸時代にはさまざまな船が水路を使い、荷を運ぶためにY町を縦横無尽に行き来した。

たとえば、「お目見え通り商店街」の裏手にある水路は、ほかよりも少し幅が広くなっている。これは、象を乗せた船を通すために、わざわざ水路を広げたからなのだそうだ。

時の将軍に拝謁すべく、象は南洋から大陸を経由してはるばる江戸城までやってきた。生まれてはじめて象を見た将軍は、その大きさと賢さにたいそう喜び、城下の町人にも見物する機会を与えようと思いついた。拡張した水路を通り、象はY町にもやってきた。Y町の人々は胸を躍らせ、水路に面した格子窓から、船に乗ったためずらしい獣を眺めたという。

「そいつぁ嘘なんじゃねえかな」

と、堀《ほり》源《げん》二《じ》郎《ろう》は言う。「お目見え通りの水路は、それほどの深さはねえよ。象なんか乗せた日にゃあ、重みで船底がガリガリこすれちまう」

「昔は深かったんだ」

と、有田国政《ありたくにまさ》はむきになって反論する。巨大でおとなしい獣の目に、江戸時代のY町はどう映ったのだろう。そう想像するのは、国政の数少ない楽しみのひとつだからだ。時代小説を読むのが、国政にとってほとんど唯一の趣味である。老眼がひどくなってからは、読書すらも思いどおりにははかどらないが。さまざまな時代小説を読んでいると、江戸庶民の町としてY町もたまに出てくる。象とお目見え通り裏の水路の逸話は、小説を通して知った。

源二郎は少し笑いを含んだ声で、「そうかもな」と引きさがった。しかたないなと言いたげだった。めずらしく大人の余裕を見せおって、と国政は腹を立てる。国政も源二郎も当年とって七十三歳。まごうかたなき大人だが、幼なじみの気安さで、しょっちゅう子どもじみた言いあいをしている。

国政が幼少のころは、Y町の各家庭がそれぞれ小さな船を持っていた。戦前のことだから、もう七十年近くまえだ。陸運の発達した現在では、Y町でも水路を活用するものは少ない。観光客向けの小船が、桜や花火の時期にぽかりぽかりと水面《みなも》に浮かぶぐらいだ。国政も自分でちゃんと船を操ったことはない。

源二郎は船外機つきの小船を持っている。つまみ簪《かんざし》職人なので、原材料の仕入れや、できあがった簪の運搬に使うからだ。Y町の水路に一番詳しいのは、源二郎だろう。その源二郎が、「水深がたりない」と言うなら、それはきっとそのとおりなのだろうけれど、おとなしくうなずくのも癪《しゃく》だ。

「そうさ」

と国政は言った。「おまえの奥さんだって、船で嫁入りしてきたじゃないか」

「おきゃあがれ。俺の女房は象ほどでかくなかっただろうが」

「そうだったっけか」

「ボケたんじゃねえのか、政よ」

源二郎はため息をついた。「いったい用件はなんだ」

二人はいま、電話で話しているのである。そうだった、と国政は受話器を握り直す。

「ちょっと見せたいものがあるんだ。いまから行ってもいいか」

「かまわねえが、もう表も薄暗いぜ。徹平《てつぺい》を船で迎えにやろうか」

「いや。すぐだし、歩いていくよ」

いまの季節、水路を行くと川風が身に染み、腰痛が悪化する。受話器を置いた国政は、コートを着てマフラーを巻き、家を出た。源二郎に見せるものを、大切に袱紗《ふくさ》に包んで持つのも忘れない。

冬の太陽はすでに沈んでいた。

夕飯どきに外出をしても、「こんな時間にどこに行くの。晩ご飯は?」と声をかけてくる家族はいない。妻は国政が七十になるのを待ちかねたように出ていき、娘一家と同居している。国政は一人暮らしだ。家族を顧みず働いてきたつけだと頭ではわかっていても、妻にも娘たちにも見捨てられた自分を、国政は未だに受け入れきれずにいるのだった。

源二郎も妻に先立たれ、子どももなく、天涯孤独の身の上だが、悲愴感というものがまるでない。

三丁目の角にある源二郎宅は、今夜もにぎやかだった。

源二郎の弟子の吉岡《よしおか》徹平と、徹平の彼女のマミが、台所で夕飯の仕度をしていた。

「徹平ちゃんたら、魚をひっくりかえしすぎ。おせんべいじゃないんだから」

「でもさ、よく焼かないと」

「そりゃそうだけど、せっかちねえ」

なにやらいちゃいちゃしている。ガラスの引き戸を開け、土間に立った国政は、しばし二人のやりとりに耳を傾けた。魚が焼けるいい香りが漂ってくる。

土間から一段上がった仕事場では、源二郎が夕刊を広げていた。本日の作業はきりがいいところまでいったのか、つまみ簪を作る道具はきれいに片づけられている。

「よう」

国政の姿を認め、源二郎は老眼鏡を額へ押しあげた。つまみ簪を作るには、小さな布をピンセットでつまんで畳む技が要求される。にもかかわらず、源二郎は仕事中は老眼鏡をかけない。子どものころから修業してきたから、目をつぶっていたって布をつまめるのだそうだ。

「おまえが来るってんで、徹平が張り切ってな。煮物だけだった予定が、急遽《きゅうきょ》ブリを買ってきやがった」

「俺のぶんもあるのか」

「飯どきに押しかけてきといて、なにをいまさら」

源二郎は笑い、新聞をどけて国政を手招きした。国政はコートを脱いで畳み、仕事場へ上がる。

「で？　なにを見せにきたんだ」

「あとでな」

と、国政ははぐらかした。マミも来ていると知り、好都合だと思った。実は国政は、自慢をしにきたのである。自慢は、なるべく大勢のひとに向けてしたいものだ。

徹平が台所から顔を出す。

「有田さん、こんばんは。師匠、夕飯できたっす」

一同は茶の間の卓袱台《ちゃぶだい》を囲んだ。マミが手早くご飯とみそ汁をつぐ。卓袱台のうえには、焼いたブリの切り身のほか、里芋と絹さやと厚揚げの煮物や、きんぴらごぼうや、漬け物などが所狭しと載っていた。

「いただきます」

大根おろしも添えられたブリの塩焼きは、やや焦げ目が濃くはあったが、脂が乗っておいしかった。

「こんな茶色っぽいおかずばっかりで、腹いっぱいになるのか」

源二郎が気づかったが、若い二人も満足そうに料理をぱくついている。

「マミさんは、お仕事お休みですか」

国政が問うと、マミはうなずいた。

「定休日なんです」

マミはY町で指名トップの美容師だ。すでに夜になっていたが、国政はやっと、今日が火曜日だったことに気がついた。特にすることもなく一人でぼんやり暮らしていると、曜日の感覚が曖昧《あいまい》になってくる。若い弟子とその彼女に慕われ、活気ある生活を送る源二郎のことが、うらやましくてならなかった。

夕飯を食べ終わり、茶を飲んで一息ついているとき、またも源二郎が催促した。

「それで？　もったいぶんなや、政」

この機を待っていた国政は、膝の脇に置いていた袱紗を取り、しずしずと中身を取りだした。厚手の台紙に収まった、七歳の孫娘の写真だ。千歳飴《ちとせあめ》の袋を手に、赤い晴れ着を着て笑っている。

「おお、七五三の写真じゃねえか」

「この簪、師匠が作ったやつですよね」

「似合ってる！」

源二郎と徹平とマミが身を乗りだしたので、やはり俺の孫はかわいらしいんだと誇らしい思いがした。

「娘が送ってくれてね」

「よかったなあ、おい」

源二郎が国政の肩を小突いた。「いっつも、『妻にも娘にも相手にされない』って、ぐちぐち言ってたくせに」

「べつに愚痴ってはいない」

国政は憮然として言う。「孫は、簪をとても気に入ったそうだ。妻も娘も感謝して、おまえによろしくと手紙に書いてあった」

「師匠の腕は日本一っすからね」

なぜか徹平が胸を張った。

「なに言ってやがる。俺ぁ世界一だよ」

弟子に負けず劣らず、源二郎も胸を張る。

「つまみ簪は外国では作っていないだろう」

国政が疑問を呈すると、

「だから、日本一すなわち世界一なのさ」

とのことだった。

孫自慢をするつもりが、いつのまにか源二郎の腕自慢になった感もあるが、国政は一応は当初の目的を果たし、まんざらでもない気持ちだった。

徹平はしばらく写真を眺めていたが、ややあって肩を落とした。元気が取り柄の男なのに、いったいどうしたのだろう。そういえば、ご飯も一膳しか食べていなかった。ふだんだったら、二回はおかわりするのに。

「どうしたんだい、徹平くん」

国政は心配になって尋ねた。「腹具合でも悪いのか」

「こいつが悪《わり》ぃのは、もっとお天道さまに近い部位だ」

源二郎が断じる。マミが噴きだしかけたが、徹平に恨みがましげな視線を寄越され、あわてこらえた。「しょうがないわねえ」と言いたそうな表情で、しょんぼりした徹平を見ている。

「なにかあったのか？」

国政は写真をもとどおり袱紗で包み、徹平に向き直った。簪づくり以外に関しては、源二郎はてんでおおざっぱだ。いまも、湯飲みに入れた梅干しを箸で突き崩し、梅干し茶を作製するのに夢中だ。塩分を摂りすぎるなと医者に言われていることなど、すっかり忘れてしまったらしい。この調子では、弟子の悩み相談にもちゃんと乗ってやっていないのだろう。

「実は俺、結婚しようと思うっす」

徹平は恥ずかしそうに、畳に「の」の字を書きながら言った。まだまだ子どもだと思っていた徹平から、よもや「結婚」という単語が出てくるとは予想だにせず、国政はつい、「だれと！」と言ってしまった。

「マミさんに決まってるじゃないすか」

徹平は憤慨したもようだ。「ほかにも女がいるみたいで、人聞き悪いや」

「すまない」

国政は頭を下げる。「しかし徹平くん。きみ、いくつだったっけ？」

「二十歳《はたち》っすよ。もう大人っす」

輝きを宿す目といい、まだやわらかなカーブを残した頬といい、徹平は少年と言っていいほど若く見える。国政はとりあえず、「すまない」と再び謝った。

「だが、結婚は早いのではないかな。きみは修業中の身だし、マミさんの親御さんだって『うん』とはおっしゃらないだろう」

「あたしは二十七なんで、『早く嫁に行け』って、親はうるさいんですけどね」

と、マミが口を挟んだ。うつくしい栗色に髪を染めたマミを、国政はずっと二十四、五歳だと思っていたので、少し驚いた。

最近の子は、本当に若く見えるというか、いつまでも子どもみたいだな。これも豊かで平和なおかげか。

国政はじじむさい感慨を覚える。源二郎など、幼いころからつまみ簪職人に弟子入りして働き、東京大空襲をかいくぐり、戦後の焼け跡で腕一本で食ってきた男だ。十代にしてすでに、いっぱしの大人の顔をしていた。幼なじみの国政のまえでは、年相応の表情を見せ、「芋くすねてきたぞ」とか「好きな女ができた」とか、しょっちゅう言っていたが。

「でも、このあいだうちに挨拶に来た徹平ちゃんを見て、父が怒っちゃって」

国政が追憶にふけるあいだも、マミはまだ話をつづけていた。美容師としては有能なマミであるが、会話のテンポがスローモーなのだ。

「俺、マミさんのお父さんにカッパ呼ばわりされちゃったんすよ」

ますますしょんぼりする徹平を、マミが慰める。

「徹平ちゃん。『カッパ』じゃなくて『こわっぱ』って、うちの父は言ったのよ」

なんともコメントの差し挟みようがなく、国政は茶をすすった。

「カッパでもこわっぱでも、どっちでも変わりゃしねえよ」

それまで黙っていた源二郎が、苛立《いらだ》たしげに口を開いた。「マミちゃんの親父さんの言うとおりだ。まだ満足に簪も作れねえのに、どうやってマミちゃんを食わしてくつもりだってんだ」

「大丈夫です」

と請けあったのは、徹平ではなくマミだった。「あたしの稼ぎだけでも、二人で暮らしていくことはできます」

「マミちゃん、そいつぁちがう」

源二郎は、この男らしくもない真面目な顔つきで言った。「あんたが美容師としてたしかな腕を持ってるのも、徹平を一人前にしようと支えてくれてるのも、知ってる。だが、徹平はあんたに甘えちゃならねえんだ」

「師匠。俺はマミさんに甘えたりなんか」

「黙ってろ」

源二郎は一喝し、言葉をつづけた。「だれかに食わしてもらえば、そのぶん甘えが出るもんなんだよ。そしたらおまえは、いつまでも職人として独り立ちできねえままだぞ。そのうえ、もしマミちゃんに捨てられでもしたら、どうするつもりだ。女から女へと乗り換えて、一生ヒモやってくのか」

徹平は悔しそうにうつむいた。マミは「あらあら」といったふうに、微苦笑を浮かべて徹平を見やった。だが、源二郎の言葉にも一理あると思ったのか、スローモーだから咄嗟《とっさ》の切り返しが思い浮かばなかったのか、なにも反論はしなかった。

徹平はしょげたまま夕飯のあと片づけをし、マミと一緒にアパートへ帰っていった。

「なにもあんなに強く言わなくてもいいじゃないか」

国政は源二郎に苦言を呈した。「師匠のおまえぐらい、徹平くんの味方をしてやったらどうだ」

「おまえだって、『結婚は早い』って言ったじゃねえか」

源二郎は茶の間と仕事場との仕切りの戸を閉め、煙草を吸いだした。つまみ簪に使う羽二重《はぶたえ》に、においが移らないようにするためだ。

「徹平はここが踏ん張りどころさ」

輪っかになった煙を吐きながら、源二郎がつぶやく。蛍光灯の明かりを弾《はじ》き、禿頭《とくとう》が鈍《にぶ》く光る。耳のうえにわずかに残った髪は、先日マミに染め直してもらったそうで、目の覚めるような真っピンクだ。

年甲斐もなくおかしな恰好をして、考えることといったら、つまみ簪と食い気と女と巨人軍しかないくせに。国政はひっそりため息をつく。これで案外、源二郎は頭が固い。

「象のことといい、おまえは見かけによらず現実主義者だな」

国政が嘆いてみせると、源二郎は心外だったらしく、

「まだ象を根に持ってやがんのか」

と、やや乱暴に煙草を灰皿でねじ消した。「そんなに見たきゃあ、上野に行け」

「俺はロマンの話をしているんだ」

国政もつられて声を荒らげた。「伝統工芸の後継者なんて、いまどきそうそういないぞ。せっかく弟子入りしてくれたんだから、もうちょっと応援してやれ」

「スポーツじゃあるめえし、応援したからってどうなるもんでもねえだろ」

けっ、と源二郎はそっぽを向いた。「それでも、ってぇなら、おまえが黄色いポンポンでも持って声援送ってやれや」

国政はコートとマフラーをつかみ、憤然と立ちあがった。

「ハゲのうえに石頭ときたか。おまえなぞ、今日からハゲ石だ！」

「ガキかよ」

あきれる源二郎を残し、国政は角の二階屋をあとにした。途中で孫の写真を忘れてきたことに気づいたが、取りに戻るのも気まずいし、まだ腹も立っていたので、そのまま帰宅した。

翌日の午前中、徹平が写真を届けにきてくれた。

「また喧嘩っすか？」

と笑いを嚙み殺すような顔で聞かれ、決まりが悪かった。いくらなんでも大人げなかったと国政も反省していたが、「源のやつ、まだ怒ってるか」と聞くのも、こちらから折れるようで業腹《ごうはら》だ。

「うむ、いや」

と、もごもご言ってごまかした。「お茶でも飲んでいくかい」

徹平はやや迷ったすえ、「はいっす」とジャンパーを脱いだ。ジャンパーの背中には、極彩色の龍が刺繡されていた。

食卓の椅子に徹平を座らせ、国政はヤカンで湯を沸かす。ふだん、師匠である源二郎の面倒を見ているためか、徹平はただ座っているだけなのが落ち着かない様子だ。国政に断りを入れ、食器棚から湯飲みをふたつ出した。以前は地元の悪仲間とやんちゃをしていたらしいが、根は善良な男だ。もし、徹平のように気の利く優しい孫が身近にいたら、毎日がどんなに張り合いのあるものに変わるだろう。

「時代小説を読んでいて知ったんだがね」

ふと思いついて、国政は言ってみた。「お目見え通り商店街の裏に、広めの水路があるだろう」

「あるっすね」

食卓の向かいで茶を吹き冷ましつつ、徹平はうなずいた。「あそこを船で通ってるとき、俺の頭にカモメがとまったんすよ」

「本当かい」

「はいっす。いきなりドカンと乗っかられて、けっこう重かったっす」

どれだけボーッとしていたら、カモメにとまられるんだろうか。徹平くんは鳥類にばかにされているのではあるまいか。国政はそんなことを考えたのち、脱線した会話をもとに戻した。

「江戸時代に、あの水路を船に乗った象が通ったんだそうだ。将軍に見せるために、南の国から連れてこられた象だ」

「まじすか」

徹平は目を丸くした。

「まじだ」

国政はぎこちなく若者言葉で答える。

「すげえっすねえ」

徹平は興味を引かれたようだ。うれしくなった国政は、持論を開陳した。

「将軍にも謁見した象が通ったから、商店街の名前が『お目見え通り』になったのかもしれないね」

「へえ。俺、だれかの目が見えるようになった場所なのかと思ってたっすよ」

徹平くんは、カモメに脳みそを持ち去られたのかもしれないな、と国政はちらと思ったが、むろん黙っておいた。

「南国から来たんじゃ、日本は寒かったでしょうねえ。江戸時代にはストーブもないだろうし」

徹平は無邪気に感心し、象に思いを馳せている。「将軍と会うなら、きっとおしゃれをしたはずっすよ。どでかい鞠《まり》みたいなつまみ簪を作って、牙につけてやったらきれいだろうな。小花の形の房も垂らして……」

ほら、源二郎。ロマンとはこうやってふくらますものだ。国政は満足した。

「きみは、つまみ簪のことをいつも考えているんだな」

「『一流の職人になりたいなら、寝てるときも考えろ』って師匠に言われたっすから」

徹平は照れくさそうに答えた。しかし、すぐに大きなため息をつく。湯飲みのなかで、緑茶がさざ波を立てるほどだった。

「有田さん。俺、悔しいっす」

「源のやつに結婚を反対されたからか」

「いえ、師匠の言うこともわかるし、マミさんも『ゆっくりでいいよ』って言ってくれるっす」

徹平はうつむき、なにやら言いにくそうにしていたが、やがて思いきったように顔を上げた。

「俺、自分の親のところにも、結婚するって言いに行ったんすよ」

なんと気の早い。マミさんの父親に反対されたらしいのに、話がややこしくなったらどうするつもりだ。国政は驚いたが、「それで?」とつづきをうながした。

「うちの親父、イチブジョージョー企業でばりばり働いてるんす」

徹平が言うと、どこかから水漏れしている企業のように聞こえる。一部上場か、と漢字を当てはめるまでに二秒かかった。

「マミさんは俺より年上だし、髪の毛も茶色いし、たぶん親父は気に入らないだろうなと思って、まずは俺だけで行ったんすけど」

徹平にしては賢明な判断だ。それにしても、マミ程度の茶髪でも気に入らないのだとしたら、相当の堅物だ。ピンクの髪の毛をちょぼちょぼと生やした源二郎はどうなるのだ。

「お父上は、怒ってしまったんだね」

「はい。それだけならいいんすけど、師匠やつまみ簪のことまで悪く言って」

「どんなふうに?」

「そんなカビの生えたようなものを作って、なんになる。簪なんて、いまどきだれも使わない。たいした稼ぎにもならないうえに、さきがない業種じゃないか、って」

徹平は唇を嚙み締め、こみあげる憤りを抑えたようだった。「そういう親だなんて、師匠には言えません」

国政には、徹平の気持ちがよくわかった。職人は、自分の仕事を「業種」という言葉に当てはめてみたことなどないだろう。源二郎も、見習いの徹平でさえ、つまみ簪を作ることを単なる仕事とは思っていないはずだ。稼ぎの多寡《たか》も、かれらにとっては問題ではない。追究すると楽しいから、作っても作ってもまだ底が見えぬほど奥深いから、毎日ピンセットで布をつまむ。

指さきから、精巧で華やかな花や鶴や鯛《たい》を生みだしていく。

源二郎や徹平にとって、つまみ簪職人とは職業ではなく、生きかただ。

だが、徹平の父親の気持ちもまた、国政にはわかった。現役時代、国政は銀行員だった。国内の政治や経済の動きはもとより、世界情勢にも目を光らせ、組織の利潤追求のために働いた。そうやって、まさしく馬車馬のように働いたものたちがいるから、いまの社会があるのだと自負してもいる。基本的には快適で、飢えのない社会。形あるものならほとんどすべて売っていて、金さえあれば手に入る社会。

銀行で働いていた当時、幼なじみの源二郎がちまちまと簪を作っていることを、内心で一回もばかにしなかったと言ったら嘘になる。女子どもが使う、しかも時代遅れの品。どんなに手のこんだうつくしいつくりであっても、象牙や銀細工の簪に比べれば、つまみ簪は安価だ。ひとつ数千円、最上級の品でも三万も出せば買える。何千万、何億という単位の金を動かすこともある国政からしてみれば、侮《あなど》る気持ちがなかったとは言えない。

仕事をリタイアしてからはもはやなにもすることがなく、妻にも去られ、そこではじめて国政は、金では計れない価値について本当に考えるようになったのだった。

「きみのお父上は、正しいけれどまちがっている」

国政は静かに言った。徹平が首をかしげる。

「正しいけどまちがいなんてこと、あるんすか」

「あるよ。あると思う。きみは若いのに、そのまちがいに陥《おち》らずにいる。えらいな」

徹平は褒められ慣れていないからか、「そんなことないっすけど」と、こそばゆそうにした。

茶が冷めるのもかまわず、国政は腕組みし、やや思案した。

結婚云々はさておき、徹平はもっと自信をつける必要がある。だいたい源二郎は、弟子を慎重に育てようとしすぎだ。自由にやらせて、若い感性をのばし、創作意欲をますますかきたててやればいいものを。源二郎は徹平に糊《のり》をこねさせたり、布をつまませたりしては、「糊の塗りかたにむらがある」とか「つまみがなってない」などと姑《しゅうとめ》なみに細かく駄目出しする。「基本を大切に」という方針は見上げた職人魂だし、怒られて一人前になるのかもしれないが、「褒めてのばす」という言葉も少しは知るべきだ。

国政は心を決め、腕組みをほどいた。

「徹平くん。きみ、自分でつまみ簪を作って売ってみたらどうだ」

「そんな、師匠に叱られるっす」

徹平はぶるぶると首を振った。「それに、俺はまだ簪を一人で作るほどの技術がありません」

「あいつには俺から言ってやろう。材料の羽二重を買う金がないなら、多少は融通できる。実作してお客さんの声を聞くのも、大事な修業だぞ」

「そうっすかねえ」

徹平はまだためらう様子だったが、目は輝いていた。「簪だけじゃ、さきがないっていう親父の言いぶんも、わりと当たってて……。有田さんにだから言うっすけど、俺けっこうデザイン画を描いてるんすよ」

「ほう、どんな」

「つまみの技法で作ったピアスとか、ヘアピンとか、ブレスレットやネックレスっす。俺の友だちの女の子もつけてくれそうなやつ」

「いいじゃないか」

そういえば孫の簪についても、徹平がアイディアを出したと源二郎が言っていた。やはり若者向けのものは、若者に任せるにかぎる。

「うまくいけば、結婚資金の足しになるかもしれないぞ」

国政がそう言ったとたん、

「やります」

と徹平はためらいをかなぐり捨てた。


徹平がつまみの技法でアクセサリーを作ることは、国政から源二郎に伝え、了承を求めた。源二郎は「ふん」と鼻を鳴らし、糊板《のりいた》に視線を落としたまま、「好きにすりゃあいい」と言った。そのあいだも、ピンセットを持った手を止めない。師走《しわす》を目前に、正月用のつまみ簪づくりに追われているらしい。小さく切った色とりどりの羽二重を、次々にピンセットで折ってつまみを作っていく。糊板のうえに並んだつまみは、小粒の繊細な落雁《らくがん》か花の蕾《つぼみ》のようだった。

源二郎の許しというか黙認をもらったので、徹平はオリジナルのつまみアクセサリー製作に取りかかることになった。もちろん、源二郎の手伝いと並行しつつだ。

俄然忙しくなったにもかかわらず、徹平は弱音を吐かなかった。人間すりこぎか納豆かきまわし機になったかのように糊をこね、定規で測ったみたいに正確な正方形に羽二重を裁断し、師匠のために食事の仕度をした。

そのかたわら、中古の着物を販売する店へも出かけていた。つまみの材料に適した、絹の端《は》布《ぎれ》を買うためだ。源二郎は真っ白な羽二重を自分で染めるのだが、徹平にはそれだけの時間も技術も資金もない。となると、さまざまな色や柄の着物の端布を使うのが手っ取り早いのだった。端布の買い付け費用は、出世払いということで国政が出資してやった。

わずかな時間を見つけては、徹平は自分で描いたデザイン画を、つまみの技法で立体化していった。藤の花か葡萄《ぶどう》の房のように、艶《あで》やかに耳たぶから下がるピアス。桃色の小花と若草色の四つ葉のクローバーとベージュ色の小鳥が連なるブレスレット。髑髏《どくろ》といばらと流れ星が絡みあったネックレス。小さな鞠のついたヘアピン。その鞠は、徹平が象の牙につけてやりたいと言ったものを、ミニチュアにしたような愛らしさだった。

どこにどの端布を使うか、色合いを見ながら徹平はピンセットを操り、つまみを作っていく。爪のさきよりも小さなつまみを台紙に貼りつけ、立体感を出していく。節の目立たない長い指が、予想よりも器用に鳥や花や星を作りだしていくさまを、国政は驚きをもって見物した。

源二郎はいい弟子を持った。つまみ簪の将来は安泰だ。

源二郎も口には出さないが、徹平の斬新なデザイン能力を買っているようだった。ただ、技術はまだまだらしい。ついには正月用の簪づくりもそっちのけで、

「そうじゃねえ」

と徹平につまみの手本を示しだした。「ここはもう少し細長い形につまんだらどうだ」

「はいっす」

徹平は神妙な顔で、しかしうれしそうに師匠のアドバイスに目と耳を集中させる。「でも師匠、これは鯛じゃなくて小鳥なんすから、そんなにギョロ目にしちゃあ……」

「なんだ、だめか」

「かわいくないっすよ」

「生意気に」

なんだかんだで仲がいい。国政は疎外感を覚えた。俺はまだ喧嘩があとを引いて、源二郎とちょっとぎこちないというのに。だが、徹平が元気を取り戻したのを見て、安堵したのもたしかだ。せめて二人の助けになるようにと、銀行仕込みの電卓さばきで請求書や領収書を作ったり、簪を丁寧に梱包して発送したりした。

源二郎が正月までに必要な簪をすべて作り終え、徹平が十数点のアクセサリーを完成させたのは、今年もあと三日という晩のことだった。

「天気がいいから、糊の乾きが速くて助かった」

茶の間にのびた源二郎が、天井を見上げて言う。「去年なんか悲惨だったよなあ、徹平」

「紅白、見られなかったっすもんね。お寺の鐘を聞きながら、船とチャリで、劇場やら芸者さんとこやらに届けたんでした」

「なぜ、もっと早く着手しておかないんだ」

書類仕事を一手に引き受けた国政は、腰痛が再発してしまった。ぼやかずにはいられない。年越しと正月の仕度も、まったくできていない。ぐうたら師弟のせいで、このままではみそ汁と冷や飯で新年を迎えることになりそうだ。

「そうだ」

源二郎が身を起こした。「せっかく徹平が、つたないながらも腕輪やら耳輪やら作ったんだ。明日、上野に正月用品を買い出しにいくついでに、ちょいと路上で売ってこようや」

「ナイスアイディアっす、師匠！」

畳にへたりこんでいた徹平も、いそいそと立ちあがる。

「俺は行かないぞ」

と国政は言った。さすがの国政もピアスという単語ぐらいは知っていたので、「耳輪ってなんだ、耳輪って」と内心で思った。とにかく、寒風にさらされ、道ばたでものを売るなんてごめんだ。ただでさえ岩盤のようになった腰が、このうえシベリアの永久凍土と化しては困る。

「なんでだ。ちょっとは動いたほうがいいぞ」

腰痛知らずの源二郎は無責任なことを言う。

「一緒に買い出ししましょうよ」

徹平も笑顔で誘いをかけてきた。「そしたら俺、その材料で、有田さんのぶんのおせちとお雑煮も作りますから」

むむ、心惹かれる提案だ。国政が迷っているところへ、ガラス戸が開き、マミが入ってきた。

「こんばんはー。徹平ちゃん、まだお仕事？」

「ううん、終わったとこだよ。マミさん、見て見て」

徹平は嬉々として、自作のアクセサリーを卓袱台に並べた。コートも脱がず、「お邪魔します」と茶の間に上がってきたマミは、かわいらしいアクセサリーを見て目を輝かせた。

「徹平ちゃん、すごい！　これ絶対売れるよ。ていうか、あたしが欲しい」

「まだ下手くそだよ」

謙遜しつつも、徹平はまんざらでもない顔をしている。マミは携帯電話をバッグから取りだし、アクセサリーの写真を撮った。美容院の店長に見せて、店で売っていいか聞いてみるという。さっそく販路が開拓できそうで、なによりだ。肩を寄せあう若い二人を、国政と源二郎は遠い惑星の光景のようにまぶしく眺めた。

徹平のアクセサリーを売りに上野へ行くと知って、マミは残念がった。

「あたしも行きたーい。でも、年末は美容院のお客さんが多くて、とても休めそうにないしなあ」

「売れるかどうかわかんないから」

徹平は気恥ずかしそうに言い、作業台からなにかを取ってきた。「マミさんには、これあげる」

拳《こぶし》をマミに突きだす。マミが反射的に差しだした掌に、赤い指輪が置かれた。つまみの技法で作られた、鯛の形の指輪だった。太めの金魚のようにも見えるが、たぶん鯛だろうと、横目で指輪を覗いた国政は推測した。

指輪は、指の付け根にどかんと鯛が横たわるようなデザインだった。ギョロ目がユーモラスで、色といい形といい、子どもが遊びでつけるおもちゃの指輪みたいだ。もっと女性受けするアクセサリーを作ったのに、なぜあえて、そんな珍妙な指輪を渡すのか。いくら鯛が縁起物だからといって、あんまりではないか。

でも、徹平が一生懸命に作った一点物にはちがいない。国政ははらはらしながらマミの反応をうかがった。

「やだ、うれしい」

マミは掌に載った指輪に見入った。ややあって、かたわらに立ったままの徹平を見上げる。感激したようで、目が潤んでいた。

「ありがとう、徹平ちゃん」

「結婚が決まったときには、もっとちゃんとしたの買うから」

徹平は照れたのか、怒っているみたいな声でぶっきらぼうに言った。

「ううん、これがいい」

マミは鯛の指輪を大切そうに、右手の薬指にはめようとした。結婚の許しがもらえていないから、左手の薬指にはめるのを遠慮したのだろう。

そこだ！　行け、徹平くん！

国政の声なき応援が伝わったのか、徹平は素早くマミの手を取り、指輪を左手の薬指にはめてあげた。マミはもう言葉もなく、徹平に抱きついた。

マミを抱きとめた徹平と目が合う。国政はうなずき、徹平は右手の親指を立てた。

「はー、暖房効きすぎじゃねえか？」

ムードぶちこわしの発言をしたのは、もちろん源二郎だ。「俺ぁもう寝るから、ストーブ消して、徹平も早く帰れ」

徹平とマミは恥ずかしそうに体を離した。

俺はもしかして、恋を知らないまま生きて死ぬのかもしれない。国政はぼんやりと思った。見合いで結婚した妻を、国政は国政なりに大切にし、たしかに愛情を感じてもいたはずだが、徹平とマミのような情熱はついぞ発生したことがない気がした。

マミの薬指で、血の色そのものをした赤い魚が泳いでいる。

年末の上野アメ横は大にぎわいだ。

新鮮な海産物を買い求めるひと、鏡餅や門松を自力で家まで運搬しようというひとで、道は満員電車以上に混雑している。黒山のひとだかり、立錐《りっすい》の余地もないとは、まさにこのことだ。人波に揉まれて辟易《へきえき》していた国政も、あちこちの店から響く威勢のよい売り声に、しだいに気持ちが高揚してきた。

それにしたって、買い物どころの騒ぎではない。結局、食材は近所のスーパーで購入しようということになり、国政も源二郎も徹平も、なにも買わずにアメ横から退散した。退散といっても、あまりに人出が多く、すぐには脇道にそれることができないほどだ。

ようやく大きな通りへ脱出したときには、三人とも髪も服もよれよれだった。

「著しく体力を消耗したぞ」

額に落ちてきた白髪を撫でつけ、国政は文句を言う。徹平はなぜか、ジャンパーの下に着ていたネルシャツが脱げかけている。源二郎にいたっては、静電気のせいなのかなんなのか、耳あたりに残った頼りない頭髪が逆立っている。ピンク色なせいもあり、凶悪なウーパールーパーみたいだ。

「まあまあ。はぐれなくて御《おん》の字《じ》だ」

源二郎はのんきに歩きだした。「さ、徹平の作ったもんを売って、餅代の足しにしよう」

徹平はもみくちゃにされながらも、アクセサリーを包んだ風呂敷を離さずにいた。ひとの流れに乗り、三人は上野公園のまえまでやってきた。駅のすぐ近くで活気があるし、ここなら即席の店を開くのに最適だ。

交番から見えない場所を探し、広い歩道の隅に陣取る。公園の緑を背にする形で、国政と源二郎は植え込みの石囲いに腰を下ろした。徹平は二人のまえにしゃがみ、風呂敷を地べたに広げる。アクセサリーには、あらかじめ値札をつけてきた。ヘアピンは二百円、一番大物のネックレスでも千五百円と、手がこんだつくりのわりに破格の安値だ。

「ひよっこなんだから、あたりまえだ」

と源二郎が決めた。カッパとかこわっぱとかひよっことか、徹平くんもさんざんな言われようだな。国政はちょっと気の毒に思う。

「どうぞ見てってください」

徹平が慣れないながらも呼びこみをはじめると、足を止めるひとがちらほらあった。白髪をまとめた上品な女性が、

「あら、きれい」

と風呂敷にかがみこむ。「つまみ簪みたいね」

「はいっす。つまみ簪職人見習いっす」

「若いのに頼もしいわねえ。じゃ、ひとついただこうかしら」

そのひとは鞠のついたヘアピンを買ってくれた。白い髪に映えそうだ。

「ありがとうございます！」

立って女性を見送った徹平は、笑顔で国政と源二郎を振り返る。そのあとも中学生らしき一団から中年まで、幅広い年代の女性が徹平の即席店舗に立ち寄った。一時間もしないうちに、ピアスとブレスレットがひとつずつ売れた。

「なかなか好評だな」

国政は、源二郎が自動販売機で買ってきた熱い缶コーヒーを飲んだ。「独り立ちの日も近いんじゃないか」

「けっ」

弟子の成果を喜んでいるくせに、源二郎は素直ではない。「あれで天狗になるようじゃ、徹平もそこまでのやつってこった」

さらにピアスがひとつ売れたところで、事件は起きた。不忍通《しのばずどお》りのほうから、明らかにその筋の男が二人やってきたのだ。一人は四十代ぐらいで巌《いわお》のような体つき、もう一人は二十代ぐらいの敏捷そうなやつだった。

源二郎はちょうど、少し離れたゴミ箱へコーヒーの空き缶を捨てにいっていたが、すぐに戻ってきて小声で言った。

「徹平、荷物まとめろ」

手早く風呂敷を結んだ徹平が立ちあがろうとするのを見て、ヤクザ二人は早足になった。

「おい若いの、とじいさん。だれに断ってそこで商売してる」

年長のほうの男が声をかけてきた瞬間、源二郎は鋭く言った。

「逃げろ！」

逃げろって、どこに。ためらう国政の腕を引っ張り、源二郎が走りだす。徹平も風呂敷包みを抱え、あとにつづいた。

「いたた、俺は腰が痛いんだよ、源」

「捕まってボコられたら、もっと痛いぞ」

源二郎は振り向きもせず速度を上げた。怒号と足音が追ってくる。

「待て！　どこの組のもんだ！」

どうしてヤクザに、ヤクザと勘違いされなきゃいかんのだ。国政は憤慨し、源二郎と徹平の風体を思い起こして納得した。ピンクの髪の毛をした老人。ド派手なジャンパーを羽織り、チンピラ然とした若者。たしかに堅気《かたぎ》には見えない。

「ごめんなさいっすー！　俺たち、ただの職人っすー！」

徹平が悲鳴に近い声で弁明しながら、国政と源二郎を軽々と追い抜かしていった。

「てめえ、師匠を置いて逃げるたぁ、ふてぇ野郎だ」

さしもの源二郎も、呼吸が荒くなっている。国政はといえば、もはや息も絶え絶え。源二郎に腕を引かれていなければ、道に倒れ伏したいところだった。

徹平を先頭に、国政と源二郎は上野公園のなかを逃げ惑う。

いつのまにか日は傾き、ヤクザ二人は諦めたのか、すでに追ってきてはいなかった。

源二郎と徹平は膝に手をつき、肩で息をした。国政は腰が痛くてかがむこともできず、直立不動のまま胸をあえがせた。冬だというのに汗が顎から地面に滴るほどだ。

「あ、動物園」

徹平のつぶやきにつられて顔を上げると、正面に上野動物園の表門があった。

「じゃ、象でも見てくか」

源二郎はもう呼吸が平常に戻ったらしく、すたすたとゲートへ向かう。驚異の心肺能力だ。

「象どころじゃない。ヤクザに見つからないうちに早く帰ろう」

国政はそう言ったのだが、もちろん源二郎は聞いちゃいない。三人ぶんの入場券を買い、国政と徹平に手渡す。国政はしかたなく動物園に足を踏み入れた。

「ここに来たの、小学校の遠足以来すよ。十年ぶりってことか」

徹平があたりを見まわして言った。

「わたしは娘が幼稚園のときに来て以来だから、四十年ぶりぐらいだよ」

国政はコートのポケットから出したハンカチで額の汗をぬぐった。

得体の知れぬ動物の鳴き声。獣のにおいと気配。スピーカーが、もうすぐ閉園時間だと告げている。

「パンダ見たことないんすよね」

「おまえ、遠足のとき寝ながら歩いてたのか？」

源二郎が徹平に胡乱《うろん》な眼差しを向けた。

「起きてたっすよー」

徹平は不本意そうだ。「寝てたのはパンダっす。物陰で横たわってたみたいで、気づかなくて。今度マミさんと来ようかな」

列が途切れることがなさそうなパンダ舎を素通りし、三人は奥に進んだ。

象は、ゲートから直進したところにたたずんでいた。一頭しか見当たらない。

「牙がないっすね」

徹平は少しがっかりしたようだった。「抜いちゃったのかな」

「いや、アフリカ象とちがって、アジア象の牝《めす》は牙が口の外に出ないものが多いらしい」

国政は説明板を読み、徹平に教えた。徹平は「へえ」と言って、象を見つめる。時折、手を振ったり「おーい」と声をかけたりする。

「でかいな」

源二郎の言葉に応えるように、象が大きく鼻を揺らした。「いくらなんでも、俺のかみさんはここまで巨大じゃなかったぞ」

俺が奥さんを引き合いに出したこと、まだ根に持っていたのか。国政はあきれ、ついで笑ってしまった。

「やっぱり、船に乗せてY町の水路を行くのは無理だろうか」

譲歩してやろうと思って問いかけると、意外にも源二郎は首を振った。

「いや、あそこを通ったよ」

源二郎はようやく象から目を離し、国政を見た。「思い出したんだがな、つまみ簪の意匠に、象があるんだ。俺は、俺の師匠から作りかたを教えてもらった。師匠は、そのまた師匠から習ったと言っていた。きっと、江戸時代に水路を行く象を見た職人が、意匠に取り入れたんだ」

長い旅をして、南の国からはるばるやってきた象。人々を驚かせ、喜ばせながら、水路を行く風格あるその姿。

Y町の水路は、いつもロマンを運んでくる。伝説の獣を、愛する女性を、過去から未来へと語り継がれる希望を。

「今度、徹平にも教えてやるよ。おまえもハイカラなもんばかりじゃなく、伝統の意匠も覚えねえとな」

源二郎が言うと、徹平は満面の笑みで、

「はいっす！」

とうなずいた。それからまた、子どもみたいに柵に身を預け、熱心に象を眺めだした。

四

★花も嵐も

穏やかな正月を迎えた墨田区Y町の、空はどこまでも水色に澄んでいる。

穏やかならざる心境なのは、有田国政《ありたくにまさ》だ。半ば諦めていたとはいえ、離れて暮らす妻と娘一家からは、やはり連絡が来なかった。大晦日《おおみそか》の夜八時に電話が鳴り、「すわ」と受話器を取ったら堀源二郎《ほりげんじろう》で、

「よう、政。明日うちに来ないか。おせちあるぞ」

などと言う。

落胆を押し隠し、

「うかがおう。娘が送ってきてくれた手作りチャーシューがあるから、持っていく」

と答えておいた。

本当は、チャーシューは国政が作ったのである。本屋でレシピ本を立ち読みし、分量と作りかたを暗記した。老いたりといえど、記憶力はまだまだ衰えていない。国政は自身に満足し、商店街で買った豚肉の塊に凧糸《たこいと》を巻きつけ、ネギと一緒に煮こんだのだった。ふだん、それほど料理をするほうではないのだが、なかなかの出来映えになったと自負している。

熟年別居となった妻も、妻が転がりこんださきの娘一家も、国政と正月を過ごすのはまっぴらごめん、と考えているようだ。源二郎からの電話を終えた国政は、薄暗い台所でチャーシューを切ってタッパーに詰め、紅白歌合戦も見ずに二階へ上がった。

国政がどうせ一人で新年を迎えるだろうと見越して、源二郎は誘いをかけてきたのだろうか。源のやつだって、独居老人のくせに。国政は布団のなかで寝返りを打つ。哀れまれたのかと思うとなかなか寝つけず、「源のところにあるのは、どんなおせちか。俺はごまめが好きなのだが」と思念はどんどん広がっていき、結局、除夜の鐘がかすかに聞こえだすまで寝返りはつづいた。

そして迎えた元旦。五時半に目が覚めた国政は、何時に源二郎の家を訪ねるのが妥当か、寝床で考えた。早く行きすぎて、ものすごく楽しみにしていたんだなと受け取られるのは癪《しゃく》である。かといって、ぐずぐずしすぎると源二郎を待たせてしまったり、おせちを食べ損ねたりするかもしれない。せっかくの正月なのに、冷凍しておいたご飯をチンし、チャーシューだけをおかずに一人で食事をするのは味気ない。

熟慮のすえ、八時に家を出ようと決めた。源二郎の家までは歩いて五分ほどだ。朝の八時五分に他家を訪問するのは非常識だが、相手は生まれてこのかた常識と握手したことがない源二郎だ。かまうまい。

それから八時までの二時間半は、なんと長く感じられたことだろう。

国政は風呂に入り、歯を磨いた。ふだんは使わないドライヤーで髪を乾かし、整えた。清潔なシャツとセーターとズボンを身につけ、しかしまだ六時二十分。時間が経つのが絶望的に遅い。表はようやく明るくなってきた。冷えるけれど、いい天気になりそうだ。履いていく予定の革靴を玄関で磨き、郵便受けから分厚い新聞を取ってきた国政は、台所のテーブルで仔細に読みはじめた。別刷りの新年特集記事では、政治家と芸能人が対談していたり、各地の初詣スポットが紹介されていたりした。

七時半ごろに郵便配達のバイクの音がし、国政は今度は年賀状を取りにいった。悲しくなるほど少なかった。銀行員時代に同僚だったものから数通。親類縁者から数通。いずれも、文面も宛名もプリントされたものだ。

娘一家からも、今年も家族写真入りの年賀状が送られてきていた。孫娘の七五三のときに撮った写真のようだ。孫はかわいいが、娘の旦那の顔なぞべつに見たくないし、妻がちゃっかり写りこんでいるのも腹が立つ。妻は娘一家に、居候《いそうろう》としてではなく家族として迎え入れられているらしい。娘一家(および妻)からの年賀状を、国政は表も裏も隅々まで眺めた。何度眺めても肉筆部分が一カ所もないので、危うく炙《あぶ》りだしを試みんとするところだった。

他人行儀ではないか。こんな葉書一枚で、かれらは雄弁に告げている。「正月、まちがってもこちらへ来るな。年賀状を送ったんだから、それで満足して、家で一人でおとなしくしていろ」と。

俺の人生はなんだったんだろう。家族のため、組織のために何十年も働き、七十を過ぎたいま、残されたのは十枚に満たない年賀状(しかもお義理)か。俺はすべて手書きで、三十枚は書いたというのに。

国政は台所の椅子に腰を下ろし、うなだれた。テーブルの隙間から見える靴下の爪先に、穴が空いているのを発見した。これはいけない。国政は二階へ上がり、新しい靴下に穿き替えるついでに、足の爪を切った。

ようやく、ようやく、八時だ。正確には七時五十八分だったが、「老眼で時計も細かいところが見えなくなった」と自身に言い訳し、国政はタッパーを持って家を出た。

コートを着てマフラーを巻いても北風が染みる。最近の子どもは爪あげをしないのだな、などと思いつつ、晴れわたった空を見上げて歩く。

三丁目の角にある源二郎の家は、煮しめと雑煮のにおいで満たされ、あたたかかった。湯気でガラスの曇った引き戸を開けると、

「あけましておめでとうございます!」

と、吉岡《よしおか》徹平《てっぺい》が元気な挨拶を寄越してきた。

「おめでとう。早いんだね」

と国政は答え、靴を脱いで土間から茶の間へと上がった。

「はいっす。昨日から泊まりこみで、正月の準備をしてたっす」

徹平は誇らしげに、卓袱台《ちゃぶだい》に並んだ料理を示した。おせちは重箱にうつくしく詰められ、器には煮しめが盛られている。徹平は源二郎の弟子として、師匠が心地よく正月を迎えられるよう奮闘したもようだ。

「煮しめはマミさんが作ってくれたっす。マミさんは昨日、遅くまで働いてたんすけど、もうすぐ来るっす」

どうやら、徹平の彼女であるマミも、源二郎の家で元旦の食卓につくらしい。国政は、

「娘が作ったチャーシューだ」

と申し添え、タッパーを徹平に渡した。「源二郎は？」

「寝てるっす。でも、起こすっす。餅を焼かなきゃいけないから。有田さんはいくつっすか？」

「では、ふたついただこうか」

「はいっす！　あ、座っててくださいね」

国政はコートとマフラーを畳み、勧められるまま卓袱台のそばに座った。徹平は階段の下から二階へ向かって、

「ししょー！　餅何個ですかー！」

と叫ぶ。なにやらくぐもった、獣の寝言のようなものが遠く聞こえてくる。それに「はいっすー！」と答え、徹平は忙しく立ち働いた。オーブントースターに餅を並べ、雑煮の鍋をあたため、カマボコやら膾《なます》やらを冷蔵庫から出す。

マミがやってきたのと、源二郎が大あくびをしながら二階から下りてきたのとは、ほぼ同時だった。正月にもかかわらず、あいかわらず源二郎の部屋着は浴衣《ゆかた》で、盛大に着崩れている。マミと新年の挨拶を交わしていた国政は、視界の隅に入った源二郎を咄嗟《とっさ》に認識できず、思わ

ず目頭を揉んでしまった。

耳のあたりに、ちょぼちょぼと残った源二郎の髪の毛。昨年末まではピンクだったそれが、新年になったら青に変じていた。

「ななな……」

赤毛というのは聞いたことがあるし、暖色系ならまだわかる。だが、青毛はどうなのだ。地球人類の髪の色として奇抜すぎやしないか。しかも源二郎は国政と同じく、当年とって七十四歳になるというのに。国政は度肝を抜かれ、しばらく言葉が出なかった。

「よう、政。今年もよろしくな」

源二郎は朗らかに笑い、はだけた浴衣を軽く整えながら、国政の隣に腰を下ろす。すがすがしき新年だというのに、身なりを改めようという気はないらしい。浴衣の下に装着したラクダの腹巻きが見えた。そのうえ朝っぱらから、

「おーい、徹平。燗《かん》つけてくれ」

と、飲む気まんまんである。

顔色の悪いウーパールーパーのごとき源二郎の頭髪を、直視する勇気は国政には到底ない。微妙に視線をそらしつつ、小声で問うた。

「いったいなぜ、そんな色に染めたんだ」

「なぜって、たまには色を変えねえと芸がないだろ」

おまえは信号機か。国政はため息をついたのだが、雑煮を運んできた徹平はちがう意見らし

い。

「マミさんが染めたんすけど、今回もイケてますよね。アニメに出てくる悪の総督みたいで」

きみは師匠がアニメみたいでいいのか、と問いただしたかったが、徹平はにこにこしている。

美容師のマミまでもが、

「堀さんの髪の毛、とっても素直で染めやすいんですよー」

とうれしそうに、自身の成果である源二郎の頭を見つめる。

「毛根が衰えていて、貧弱でコシのない髪しか生えないということじゃないのか」

国政は悪態をつかずにはいられなかった。源二郎は、国政をうらやましがらせるものをたくさん持っている。つまみ簪《かんざし》職人としての技も、顧客も、ちょっとバカだが忠実な弟子も、慕ってくれる弟子の彼女マミちゃんも。年老いてなお、源二郎のまわりにはひとが集まる。国政が源二郎に勝《まさ》っている点など、髪の残量しかない。

源二郎が毛根を痛めつけるような真似をするのは、「髪なんざ薄くなろうが、べつにかまいやしねえ」という余裕の表れのような気がする。被害妄想だとわかってはいるが、豊富な白髪のほかはなにも持たぬ自分への当てつけかと、国政はいらいらするのだった。

そんな国政の屈託を、源二郎たちは知るよしもない。燗酒で乾杯し、雑煮やらおせちやらを食べだした。国政が作ったチャーシューも好評だった。

「有田さんの娘さんが作ってくれたそうっす」

「ほう、いい味だな」

「お箸が止まらないー」

源二郎と徹平とマミのあいだで、チャーシューを並べた皿が頻繁に行き交った。

「いつもの飯と同じように食いはじめちまったが」

マミにチャーシューを奪われた源二郎が、伊達《だて》巻きを咀嚼《そしゃく》しながら言った。「せっかくだから新年の抱負でも表明したほうがよかったかな」

「いまさら抱負もなにもないだろう」

国政はごまめに重点的に箸を運びつつ、やや投げやりな気持ちで応じる。「おまえも俺も、あとは死ぬだけなんだから」

「おまえは腰を鍛えろ」

なにを弱気な、といった表情で源二郎は断じた。「そうすりゃあ、もう一花ぐらい咲かせられる」

「いやだよ、面倒くさい」

「俺は、立派なつまみ簪職人になりたいっす！」

徹平の若さがまぶしい。「あと……、マミさんと結婚できるといいなあ」

「徹平ちゃんたら」

マミは頬を染める。「あたしは堀さんの髪の毛を虹色《にじいろ》にしたいです」

これ以上、奇怪な頭にしてどうする。国政は自分のお猪口《ちょこ》に酒をつぎたした。

「ねえ師匠、有田さん。食べ終わったら、マミさんと浅草へ初詣にいくんです。一緒にどうっすか」

徹平の申し出に、源二郎はやや気を惹かれたようだ。

「そうだなあ。政はどうする」

「遠慮しておこう」

正月の浅草寺《せんそうじ》など、疲れにいくようなものだ。人混みに揉まれて、ポックリいかないともかぎらない。拝みにいったのに、拝まれる立場になっては元も子もない。

「じゃ、俺も留守番する」

と源二郎は言った。

「なんでだ。おまえは徹平くんたちと行けばいいじゃないか」

「寝正月も乙《おつ》なもんだからな。徹平、船を使っていいぞ」

「はい、そうさせてもらうっす」

荒川と隅田川のあいだにあるY町には、水路が張りめぐらされている。浅草へ出るのなら、源二郎所有の小船で水路を行くのが一番早いのだった。

徹平とマミは、厚着をして楽しそうに出ていった。小船のエンジン音が水路を遠ざかっていく。

源二郎は満腹したのか、行儀悪く座布団を枕に横になった。しかたなく国政が、卓袱台に並んでいたものを冷蔵庫に片づける。取り皿や雑煮の器を洗い、茶の間へ戻ると、源二郎は目を閉じていた。

時刻はまだ昼まえ。今日は車通りも少なく、Y町はとても静かだ。

帰ってもすることもなし、どうしたものかと考えながら、国政は源二郎の足もとに正座した。

「それで?」

源二郎が急に話しかけてきた。うたた寝をしているとばかり思っていたが、薄目を開けて国政を見ている。

「なにが、『それで』なんだ」

国政が質問で返すと、源二郎は腹筋の力だけで起きあがった。

「いや、おまえムスーッとしてるだろ。正月早々、なんかあったのか」

「なにもない」

「どうせまた、ひがんでるんだろ。『娘と妻が、正月に誘ってくれなかった』とか」

図星を指されて心拍数が上がったが、

「子どもじゃあるまいし」

と国政は平静を装った。

「そうか?」

源二郎はにやにやし、顎を掻く。「おまえの作ったチャーシュー、うまかったぜ」

「なななぜ」

平静の砦《とりで》はもろくも崩れ去った。「俺が作ったと思うんだ」

「だって政の味つけだから」

娘が作ったなどと、幼なじみに対していらぬ見栄を張るのではなかった。いともたやすく源二郎に見透かされ、国政は非常な屈辱を覚えた。

「帰る」

と立ちあがると、源二郎が「まあまあ」と呼び止める。

「俺たちも初詣にいこうぜ」

「断る」

「浅草寺とは言わねえよ。天神さまに行こう」

天神さまとは、Y町にある小さな神社だ。国政と源二郎は幼いころから、天神さまの縁日には連れだって遊びにいった。初詣も、たいがいは天神さまである。

源二郎はさっさと渋茶色の着物に着替え、仕事場に飾ってあった破魔矢《はまや》を手にして下駄を履いた。国政も不本意ながら、源二郎のあとにつづいて土間に下り、黒い革靴を履いた。

埃《ほこり》っぽい冬の道のせいで、磨いたばかりの靴は早くもくすんでしまった。

破魔矢を帯に差し、源二郎はぶらぶら歩く。源二郎とともにいると、近所の住人や商店主から、よく声をかけられる。国政だけなら新年の挨拶で終わるところだが、なぜか源二郎の存在によって、人々は笑顔でもう一声つけ加えたい気持ちになるようだ。

「おや、おそろいで」

「源さん、今年も店に来てね」

「うまくチャーシュー作れましたか、有田さん」

チャーシュー云々は、本屋の主人から悪気なく尋ねられた。返答に詰まった国政を横目に、源二郎はくしゃみをこらえるような顔つきだ。笑いたくて笑えず、そんな表情になってしまったらしい。

「政、本屋でチャーシューの作りかたを立ち読みしたのか」

「この町には、プライバシーというものがないことを忘れていた。今度料理をするときは、隣町の本屋まで行くことにする」

「エロ本買うガキじゃあるめえし」

と、源二郎は肩を揺らした。

天神さまはにぎわっていた。

狭い参道の両脇には屋台が建ち並び、ひとの列は拝殿の賽銭箱《さいせんばこ》から鳥居を過ぎて、道にまでのびている。お参りできるまで、ずいぶん時間がかかりそうだ。国政と源二郎は最後尾についた。

列はゆっくりとしか動かない。前方で、拝殿に取りつけられた鈴が鳴っている。

「徹平にアドバイスするのを忘れたなあ」

「つまみ簪についてか？」

「ちがうちがう。浅草寺に行くなら、フードつきの服を着てけってことさ。あそこはずいぶん遠くから賽銭を投げるひとがいるだろ。フードにうまく入るかもしれねえ」

「お賽銭を猫ばばしてはまずいだろう」

「フードに入った賽銭ぶんも拝んでやりゃいいんだから、まずいことはねえよ」

独自のルールを振りかざし、今年も源二郎は絶好調だ。国政はあきれて黙った。列はようやく鳥居を過ぎ、手水舎《ちょうずや》のまえまで来た。源二郎は手を洗い、口をすすいだついでに、水を吐く龍の鋳物《いもの》の頭を撫でまわしている。

ご利益を謳《うた》っているわけでもないのに、なぜ撫でる。国政は見て見ぬふりをした。丸い頭のカーブに親近感を覚えたのか？

源二郎は当然、おとなしく列に並んでなどいられないので、昨年の破魔矢を奉納し、社務所で新しい破魔矢を買った。ついでに、リンゴ飴も自分のぶんだけ買って舐《な》めている。国政はそのあいだ、列に陣取って待っていた。ひとに挟まれているおかげで、それほど寒さを感じずにすむ。

「おまえも屋台を見てきたら」

源二郎がようやく戻ってきて言った。リンゴ飴のせいで、舌が赤く染まっている。半分禿《は》げた頭。青い髪に真っ赤な舌。ほとんど妖怪である。知りあいだと思われたくないので、国政は無視を続行した。

「まだムスーッとしてんのか？」

源二郎が気づかわしげに覗きこんでくる。「だったら意地張ってねえで、『そっちに行きたい』って、かみさんと娘に頼んでみりゃあよかったじゃねえか」

「余計なお世話だ」

「そうかもしれねえけどよう」

源二郎は困ったように、視線を中空にさまよわせる。「なあ、ずっと聞きたかったんだが、なにが原因でかみさんと仲違いしたんだ」

「それがわかれば苦労しない」

国政は歯ぎしりせんばかりになって言った。「気づいたら会話もなく、妻の態度が素っ気なくなっていたんだ」

「浮気がバレたんじゃねえのか」

「おまえじゃあるまいし」

「俺はそんなことしねえよ。ま、花枝《はなえ》が死んでからなら、ちょいと遊びはしたが」

やにさがっている源二郎を見て、国政のなかで怒りのヤカンが沸騰した。

「花枝さんが亡くなったのは、四十代のころだろう。もっと長生きしていたら、おまえの浮気の虫が騒ぎだして、きっと愛想を尽かされていたはずだ」

「なんだと？」

「俺は、妻と五十年近く連れ添っているんだぞ。子どもだっているから、必死に働いてきた。上司にへこへこして、仕事のできない部下の尻ぬぐいをして……。それなのに、妻にも娘にも、いまになってそっぽを向かれる。ちゃらちゃらと自分の好きなことだけやってきたおまえに、この気持ちがわかるか」

言葉を紡いでいる最中に、すでに「言いすぎだ」という自覚はあった。思いきりぶちまけてから、国政はおそるおそる源二郎をうかがい見る。源二郎は懐手《ふところで》をし、地面に視線を落としていた。まえに並んだひとが、諍《いさか》いに気づいたのだろう。気がかりそうに、ちらと振り返った。

「おまえの言いぶんにも、一理ある」

源二郎は低くつぶやいた。「でもまあ、正月早々、喧嘩はやめようぜ」

二人は会話もないまま、列がじれったいほどゆっくり縮んでいくのを待った。

幼なじみだという甘えがあって、ついひどいことを言ってしまった。国政は後悔した。かたわらに立つ源二郎は、「喧嘩はやめよう」と持ちかけたわりに、怒りのせいで心なしか体温が上がっているようだ。寒さよけになってけっこうだが、憮然としたままなので、謝ろうにも謝りにくい。

源二郎がどんなに花枝さんを大切にしていたか、俺は知っているのに。できることなら花枝さんに長生きしてほしいと、源二郎がどんなに願っていたかを。

はじめて源二郎が花枝の話をした日のことを、国政は思い起こした。

いまから五十年ちょっとまえ。一九五〇年代のことだ。

戦争で焼け野原になったY町も、そのころには復興に加速がついていた。日本じゅうが、高度経済成長期に差しかかっていたからだ。働けば働いただけ金が入り、町は活気づいていた。

国政は存命だった両親とともに、いまと同じ場所に住んでいた。大学を出て春から銀行に勤めだし、張り切っていた。源二郎はといえば、三丁目の角の家で、つまみ簪職人として独り立ちしたところだった。空襲で家族を失い、生き残った師匠も高齢のため前年に亡くなって、いよいよ天涯孤独の身の上だ。

独立してすぐの職人に、そうそう大きな仕事は舞いこんでこない。それでも源二郎は腐ることなく、色とりどりのつまみ簪を丁寧に作りつづけていた。

国政は幼なじみを気にかけてはいたが、なにしろ銀行の仕事が忙しかった。大金を預かり、動かす。経済活動に貢献しているのだという実感が、国政の心身を熱くした。昔ながらの職人の世界に身を置く源二郎を、やや軽んじる思いすらあったかもしれない。

はじめてのボーナスをもらい、夏になるころには、ほとんど源二郎のことを忘れかけていた。母親が国政の見合いを画策しているようで、期待と気恥ずかしさから、源二郎どころではなかったとも言える。

盆休みを翌日に控えた晩、国政は激務から解放され、一階の四畳半に吊った蚊帳《かや》のなかで横になっていた。家の裏手を流れる水路が、岸辺を洗う気配がする。遠く海のほうで汽笛が鳴り、寝ぼけたカモメがだみ声を上げる。

夜釣りにでも出るのか、船のエンジン音がいくつか通りすぎていった。当時は手漕ぎ船も多かったから、櫂《かい》が水面《みなも》を叩く音もした。

寝苦しい夜だったが、国政はようやく睡魔の尻尾をつかまえた。まぶたを閉じてうとうとしていると、小さなエンジン音が近づいてきて、家の裏で停まった。

もしやと思っていたら、水路から家まで設《しつら》えられた石段を上がる足音がし、濡れ縁に腰かける黒い影があった。案の定、源二郎だ。月が出ているのか、源二郎の影は蚊帳ぎりぎりまで長くのびた。

「どうした」

寝ぼけ半分で声をかけると、

「うん」

と言ったきり黙っている。いつもうるさいぐらいなのに、めずらしいこともある。

「そんなところにいたら、蚊に刺される。入れよ」

国政の言葉に従い、源二郎は下駄を脱ぎ、蚊帳の裾を振るって素早くもぐりこんできた。

「ひさしぶりだな」

と言った源二郎は、少し痩せて、悔しいが精悍《せいかん》になったようだった。「銀行はどうだ」

「金を数えるのが速くなった。ひとさまの金だがな」

国政は薄掛けをはいで身を起こし、枕元のスタンドをつけた。「なにか用か?」

畳に正座した源二郎は、膝に置いた自身の手を眺めている。なんだかもじもじしているようだ。

「なんだよ、俺は眠いんだが」

「悪《わり》ぃな。ちょっと相談があってよ」

「言ってみろ」

「実は、好きな女ができた」

源二郎の言を聞いて、国政は蚊帳越しに天井を振り仰いだ。

「またか」

「いや、今度はちがうんだ。本気で惚れた」

「と、いつも言ってるじゃないか」

源二郎は生来惚れやすく、つきあっている女を国政に紹介したことも何度もあった。数カ月後には飽きて、べつの女を連れている。別れる別れないで女が包丁を持ちだし、泡を食って逃げてきた源二郎を、家に匿《かくま》ってやったこともある。

「それで？　どんな女なんだ」

「堀切《ほりきり》に住んでる。俺たちと同い年で、小学校の先生になりたてだ」

堀切といえば、荒川を渡ったところにある町だ。船を持っているのをいいことに、源二郎はY町以外にも遠征していたようだ。国政はあきれた。

「おまえは女に食わせてもらうつもりか？　長唄の師匠やらお役所勤めやら、粋筋《いきすじ》か職業婦人にばかり手を出して。今度は先生だと？」

「まだ手は出していない」

源二郎は胸を張った。「いや、出したかったんだが、なんとなく出しそびれてさ」

これはちょっとめずらしいパターンだ。源二郎の色恋沙汰とは、まさに「色」からはじまるのが常であり、手も出していない女を「惚れた」と言い切るなど、いままでにないことだ。源二郎は野生動物なみの本能と生命力で毎日を過ごしており、手を出してようやく、「惚れた」と脳が認識するらしいのだった。それでも女が寄ってくるのだから、野生動物おそるべしだ。

源二郎が語ったところによると、花枝（というのが、惚れた女の名前だった）は至極真面目な娘さんなのだそうだ。

五月の晴れたある日、源二郎は荒川の河原にいた。つまみ簪に使う羽二重《はぶたえ》に、糊《のり》ひきをするためだ。気分を変えようと、わざわざ小船で荒川を渡り、Y町の対岸にあたる河原で作業していた。

「いま思やあ、運命ってやつだなあ」

と、源二郎は感慨深げに言う。うつくしく染められた布を広げ、川風にさらしていると、錦《にしき》鯉《ごい》の柄の手ぬぐいが飛んできたのだ。

持ちまえの反射神経とジャンプ力で、源二郎は川に落ちる寸前の手ぬぐいをキャッチした。土手のほうを振り返ると、若草色のワンピースを着た女が手を振っている。

「ありがとうございます。それ、私のです」

女は危なっかしい足取りで土手を下りてきた。近くで見ると、すらっとして背が高い。いかにも育ちがよさそうな、整った顔の女だ。

源二郎はやや気圧《けお》され、無言で手ぬぐいを差しだした。女はもう一度礼を言って、受け取った手ぬぐいでほっかむりをした。

「ご精が出ますね。染色をなさっているんですか」

「それも自分でやるが、俺はつまみ簪職人だよ」

「まあ。さきの戦争で、技術が絶えてしまったと思っていました」

女は興味津々といった様子で、風にうねる羽二重を眺めた。「今度、子どもたちを連れて見学にうかがってもよろしいですか」

それがきっかけで、土手を散歩する花枝と親しく話すようになったのだという。

「『子どもたち』って言うから、若そうに見えて子だくさんなのかと思ったんだが、学校の先生だったってぇわけだ」

源二郎は得意げに説明してみせたが、国政は頭痛に襲われていた。

「待て待て、源。麦わら帽子が飛んできて恋に落ちたというならわかるが、手ぬぐいでほっかむりというのは、どうなんだ。若い女にしては妙じゃないか」

「妙じゃない」

恋する相手をくさされて、源二郎はむっとしたようだ。「花枝は合理精神に富んだ女なんだ。麦わら帽子じゃ汗は拭けねえが、手ぬぐいなら拭けるうえに、日よけにもなる。一石二鳥だ」

そういうものかな。十全に納得はいかなかったが、国政はひとまず引きさがった。

花枝は教え子を連れ、源二郎の家までつまみ簪づくりを見学しにきた。夕方に荒川の土手を散歩するのが、二人の日課になった。源二郎はもはや、糊ひきしている場合ではなかった。恋が源二郎の心を花枝に縫いとめ、抗いようもなかったからだ。恋という引《ひ》き綱《つな》につながれて、源二郎は犬のように花枝のあとを慕って歩いた。

花枝も源二郎のことを憎からず思っているようだったから、源二郎はあるとき辛抱たまらず、葉を繁らせた桜の木の下に花枝を引っ張りこみ、半ば強引に接吻した。腕に抱いた花枝の体はやわらかく、まるで力が入っていなかった。もし、花枝が抵抗していたとしても、源二郎にはそよ風ほどにも感じられなかっただろう。それぐらい、二人の力の差は歴然としていたし、源二郎は花枝に夢中だった。

唇を離して花枝の顔を見ると、花枝は目を見開いていた。

「おい、大丈夫かい」

心配になって聞いたら、花枝はようやく我に返ったのか、

「驚きました」

と言ってうなずいた。「私たちは結婚しなければなりません」

「そりゃまた、どうして」

源二郎は思わずそう尋ねたが、源二郎の話を聞いた国政も同じく、「それはまた、どうして」と言ってしまった。

「急な展開にびっくりするだろ？」

「ああ、びっくりした。なにかこう、接吻を至上の貴いものと見なすような宗教でもあるのか。花枝という女性は、その信者なのか」

「いや、ちがう。花枝んとこは浄土真宗だ」

「宗派はべつに聞いていない。なぜ結婚ということになるんだ」

「花枝の父親がものすごく厳しいらしい。小学校の校長をやってるとかで、男女交際などもってのほか。結婚するまで接吻はもとより、男と歩くのもだめだと言われて育ったそうだ」

「だって、おまえと荒川べりを歩いていたんだろう」

「俺は逢い引きのつもりだったが、彼女のなかではあくまで散歩だったんだ」

野生動物と歩いておきながら、なんと危機感のない女性だ。そんな調子で、小学生の指導をちゃんとできるのだろうか。

いくらなんでもおぼこすぎる。花枝の言動にめまいを覚えつつ、「それで？」と国政はうながした。

「とにかく花枝は、接吻したからには俺と結婚すると心を決めてるんだ」

「初夜に結婚の真実を知ったら、卒倒するんじゃないのか」

「そんときゃ俺が介抱してやるよ。まあ、俺も異存はねえから、花枝の家へ挨拶にいった」

すると花枝の父親が激怒し、飼い犬のロク（秋田犬、獰猛《どうもう》）を源二郎にけしかけたうえに、大量の塩を撒かれたらしい。花枝は小学校の行き帰り以外、家から一歩も出させてもらえなくなった。行き帰りのときすらも、母親が付き添っているのだそうだ。

「じゃあ、どうしようもないじゃないか」

国政が薄掛けをかぶろうとすると、

「馬鹿野郎！　なんでそう、すぐに諦めるんだ」

と、源二郎が怒鳴った。

「なんでって、おまえの問題だろう。ほいほいと接吻なんぞするからだ。俺は知らん」

「ちょっと変わってるかもしれねえが、すれてねえし、明るくて美人だし、花枝はいい娘なんだよ。責任取って結婚しなきゃあ、俺の男がすたる」

「すれてなくて、明るくて美人で、変わってもいない娘が、ほかにいっぱいいる。やめておけ、面倒くさい」

だいたい、なんの「責任」だ。接吻しかしていないのに、馬鹿らしい。

しかし源二郎は、国政の薄掛けをつかんだまま離さない。しょうがないので、国政は再び話を聞く姿勢になった。

「結婚すると言ったって、親御さんの了承をもらえないのに、どうするつもりだ」

「駆け落ちする」

「花枝さんは、堀切近辺の小学校に勤めているんじゃないのか？　駆け落ちしたら職場に通えなくなるだろう」

「言葉をまちがえた。花枝を俺の家にさらってくる」

「なんだって？」

「Y町三丁目なら、川を渡って堀切にも通勤できる距離だろ」

「そりゃできるが、花枝さんのお父さんが怒鳴りこんでくるぞ」

「やっちまえば、こっちのもんだ」

源二郎が悪い顔で笑った。「接吻しただけで結婚しなきゃいけねえと思いこむほど、厳しい

「育てかたをした親だぜ？　一度まぐわったら、七生さきにも夫婦でいなきゃ許さねえ、ぐらいは言うんじゃないか」

「それでいいのか？」

やや懸念が芽生え、国政は問いただした。「そこまで純真に育てられた娘さんだ。おまえが浮気なんかしようものなら、どうなるかわからんぞ。『責任を取る』というのは、結婚することじゃない。相手と一生、幸せに過ごすということだ」

月が雲に隠れ、室内が急に暗くなった。

「なあ、政。戦争で親きょうだいを亡くしてから、この十年ちょっと。俺がなにを考えていたかわかるか？」

スタンドの明かりが作りだす陰影のなかで、源二郎の顔から表情が削《そ》げ落ちた。「どうして俺も死ななかったんだろうと、ずっと思っていたんだよ」

その声があまりに静かで、ふだんの源二郎のものとはまるでちがっていたので、国政は怖くなった。死者の国から響いてきた、低いうめきのように感じられたからだ。

繁栄も、焼け跡を覆いつくすようにできあがった新しい町も、国政が毎日数える紙幣も、そんなものはすべて幻だと告げられた気がした。

「俺の手はきれいな簪を作りだす。花も、鳥も、魚も星も植物も。だが、むなしくてたまらねえ。真っ黒な消し炭みたいになって転がってたおふくろの姿が、おふくろに抱かれるみてぇにして死んでた弟と妹の姿が、まぶたの裏から離れねえ。あのたくさんの死者のまえで、俺の簪なんざクソだ。見かけだけの、どうでもいいものだ」

「そんなふうには思わない」

国政は必死になって言った。だれよりも身近で大切な友が、こんなふうに考えていたとは露知らず、意気揚々と未来だけを見ていた自分を恥じた。

「俺はそうは思わないぞ、源」

「このままじゃ俺は、おかしくなる。家族が欲しい。まっとうで、明るくて、楽しい女と暮らしたい」

「手ぬぐいでほっかむりして、接吻信仰がある女でもいいのか」

「いいさ。ちょっと妙でもかまやしねえ」

源二郎は微笑んだ。「惚れたんだ」


あのとき、本当に源二郎が花枝に惚れていたのか、疑わしいものだと国政は思っている。ただ単に気持ちが弱っているところに、タイミングよく花枝と出会っただけではないのか。

だが、結婚してからの源二郎の愛は疑うべくもない。ともに過ごす時間を重ねるにつれ、源二郎と花枝はより愛を深めていった。かれらはいつも、笑いあい、喧嘩し、互いへの誠実を宿した目で見つめあった。

源二郎の熱意にほだされ、国政は駆け落ち、もとい、花枝強奪作戦に一枚嚙むことになった。

小学校は夏休み中だ。両親の監視のもと、花枝はふだん以上に外出もままならない状況だろうと予想された。いつ、どうやって花枝と接触するか。国政と源二郎は相談したすえ、手ぬぐいを偽造することにした。

花枝はほっかむり用に何種類もの手ぬぐいを所持しており、端っこに「H」と飾り文字で刺繡しているそうだ。源二郎は近所の店で手ぬぐいを購入し、手先の器用さをいかんなく発揮して、記憶を頼りに刺繡を入れた。藍地《あいじ》に白のベンガラ縞《じま》の手ぬぐいだった。

「たしか、花枝はこれに似たやつを持っていたはずだ」

用意した手ぬぐいを持ち、国政は源二郎の操る小船で荒川を渡った。国政一人で土手を上がり、真昼の太陽のもと、堀切の町を歩く。

源二郎に教えられたとおりの場所に、二階屋が建っていた。庭に立派な枝ぶりの松が植わっており、ロクとおぼしき大型犬が、門内で仁王立ちしている。

「ごめんください」

門の外から、国政は呼びかけた。「ごめんくださーい」

ややあって玄関が開き、中年の女性が顔を出した。花枝の母親だろう。

「はい、どちらさまですか」

国政は落胆した。花枝が出てきてくれれば、手ぬぐいを活躍させるまでもなく伝言できたのだが、母親ではどうしようもない。ええい、ままよ。機会は一度きりだ。こういうこともあろうかと、念のため手ぬぐいを準備してきたのだ。

国政は勇をふるい、精一杯、人好きのしそうな笑みを浮かべた。

「さきほど、このさきで手ぬぐいを拾いました。ちょうど通りかかった小学生に、心当たりはないかと尋ねたところ、たぶんこちらのお嬢さまのものだろうということでしたので」

「まあ、それはわざわざご丁寧に。あいすみません」

草履《ぞうり》をつっかけた母親が、ロクをいなしながら門まで出てきた。門は格子の引き戸になっている。ロクは母親を守るように、うなりを上げて国政を見ている。国政は覚悟を決めた。

母親が格子を開け、国政に頭を下げる。国政は手ぬぐいを母親に渡した。

「いかがですか。お嬢さまのものでまちがいないでしょうか」

母親は手ぬぐいを広げ、刺繍を確認する。その隙に、国政は靴の埃をハンカチで払うふりでかがみこんだ。母親の目を盗み、ロクのまえに左手を突きだす。

最初から戦闘態勢だったロクが、驚いて反射的に嚙みついてきた。親指と人差し指のあいだのやわらかい肉に牙がくいこむ。予想を超えた痛みに、

「ぎゃっ」

と国政は悲鳴を上げた。食いちぎられるかと思った。

「きゃあ、大変！　ロク、いけません、お放し！」

母親が急いでロクの頭をはたき、追い払ってくれたおかげで、国政の手には穴が二個空くだけですんだ。だが、血が噴水みたいに出てきた。しびれるほど痛い。

ベンガラの手ぬぐいで、母親はあわてて止血をした。

「どうしましょう、本当にすみません」

「いいえ、大丈夫です。わたしが急に動いたので、犬を驚かせてしまったのでしょう」

「とにかく、なかへ。手当てをいたしますから」

母親は恐縮しきりで、国政を屋内へ通した。第一関門突破だ。気の毒なロクは、玄関脇の小屋ですっかりしょげている。源二郎のおかげで、ロクも国政もさんざんだ。

「花枝、花枝」

母親は二階へ向けて呼ばわった。よかった、これで花枝さんが不在で、前時代的貞操観念保持者たる親父が出てきたら、作戦失敗となるところだった。国政は胸をなでおろす。

「どうしたの、お母さん」

階段を下りてきた花枝を見て、なるほど、と国政は思った。清楚な美貌の底に、天性の朗らかさが水脈のように流れている。源二郎が好みそうな女性だ。

「ロクが、このかたに怪我をさせてしまったの。すぐに救急箱を持ってきて。それから、外科の村田《むらた》先生を呼んできてちょうだい」

花枝に席をはずされてはかなわない。国政はあせった。

「おかまいなく。わたしのかかりつけの先生に見てもらいますから、消毒だけでけっこうです」

消毒だけでけっこうな出血量ではなかったが、幼なじみが結婚できるかどうかの瀬戸際だ。国政は苦痛に耐え、母親が消毒薬を塗りつけるに任せた。

「ひどい顔色です。どうぞお茶を」

冷ました緑茶を花枝が運んできた。血を見たせいか、くらくらしていたところだ。遠慮なく飲み、一息つく。

「おや、眼鏡がないぞ」

もとより眼鏡などかけていないのだが、国政は持てる演技力のすべてを振り絞って言った。

「すみませんが、表に落としたのかもしれません。見てきていただけませんか」

母親に向かって頼むと、もともと気がいいのだろう。飛ぶように玄関のほうへ走っていった。

やれやれ、第二関門も突破だ。なんとか二人きりになれた。

「花枝さん」

と呼びかけると、かたわらに控えていた花枝は、目に見えて警戒した。「大丈夫です。俺は堀源二郎の友人で、有田国政といいます」

「源さんの」

みるみるうちに、花枝の目に涙が浮かぶ。「源さん、どうしていますか。父がひどいことを言って追い返してしまって、それきり会えなくて」

「元気にしていますよ」

母親が戻ってくるまえにと、国政は早口になった。「あなたと結婚したいそうです。覚悟があるなら、日付が十五日に変わった夜の一時、身ひとつでいいから荒川の土手に来てください」

「わかりました」

即答だった。国政はかえってたじろいでしまい、

「俺が源の友人だと信じるんですか」

と尋ねた。「あなたを拐《かどわ》かそうとする悪党かもしれないのに」

「そうだったら、それまでのことです」

「源のことはどうです。真心だと信じるんですか。親御さんの承諾も得ず、あなたと強引に結婚したいと言っている男ですよ」

「私たちはもう、結ばれていますから」

決然とした調子だった。国政は手の痛みも忘れ、しばし口を開け閉めした。

「水を差すようなことを言ってすみませんが、接吻しただけでは結ばれたことにならないのです」

「まあ、そうなんですか」

花枝は好奇心に満ちた目で、身を乗りだしてくる。

「はい。ですから、もっとよく考えたほうがいいのではないかと」

「ご心配いただきまして」

感謝のこもった口調で花枝は言った。「でも私の魂は、すでに源二郎さんと結ばれているのです」

神々しいまでの花枝の輝き。これが恋の高揚感の最中にある人間の姿か。

国政は打たれたようになって、もうなにも言えなかった。

「表を探してみましたが、眼鏡は見当たらないようです」

と、母親が申し訳なさそうな顔で戻ってきた。

「あ、すみません。ポケットに入っていました」

またもなけなしの演技力を発揮し、国政は背広のポケットを叩いてみせる。「さて、血も止まりましたし、これで失礼させていただきます。どうもお世話になりました」

「あの、お名前と連絡先を教えてください。改めてお詫びにうかがいます」

母親の申し出を、「いえいえ、それには及びません」と振り切り、逃げるように花枝の家を辞した。

ロクが叱られないといいのだが、と思いながら。

角を曲がるときに振り返ると、母親はまだ国政に向かって頭を下げていた。花枝はその横に立ち、気高い表情で国政を見送っている。目が合うと、花枝は力強くうなずいた。


列は鳥居と拝殿の半ばほどまで進んだ。

源二郎はあいかわらず黙ったままだ。相当怒らせてしまったらしい。

国政は悄然と肩を落とし、自分の手を眺めた。ロクに噛まれた跡は、ずいぶん長いあいだ、親指と人差し指のあいだに白い点となって残っていた。しかし半世紀以上を経るうちに、さすがにどこだったかわからなくなってしまった。

ロクはその後も、花枝の実家の番犬として活躍し、天寿をまっとうしたということだ。花枝さんはロクをかわいがっていた。ご両親のことも、とても大切に思っていた。けれどあの晩、花枝さんはすべてを捨てて、源のもとへやってきたのだ。

八月十五日、月のうつくしい夜だった。

国政はとうとうたまらなくなり、ちっぽけなプライドをかなぐり捨て、源二郎に謝ることにした。

「なあ、源」

「なんでぃ」

低くぶっきらぼうな源二郎の口調に、国政は二の句を継げず身を縮める。生まれたときからのつきあいが、今日をかぎりに終わってしまうのかと思うと、寄る辺《よるべ》ない心持ちがした。

また押し寄せた沈黙に耐えきれなくなり、隣に立つ源二郎を横目でうかがう。源二郎はつむじを曲げたままのようだ。唇を引き結び、「ぷい」と国政から顔を背けて、「おまえとは話したくない」という意思をこれ以上なく体現している。

国政は小さくため息をついた。仲直りのきっかけをつかみたくて、国政が何度も視線を送っていることも、話しかけようとタイミングを探っていることも、源二郎はとうに気づいているはずだ。それでも「ぷい」を貫くとは、まったく大人げない。七十を過ぎた男のすることか。

石畳の参道から、冷気が這いあがってくる。国政は軽く足踏みをしつつ、くぐり抜けた鳥居のほうを振り返った。年始参りの客は引きも切らず、境内の外まで列をなしている。

少々の優越感を覚え、正面に顔を戻した。自分よりうしろに大勢のひとが並んでいると、国政はなぜか「よしよし」とうれしくなる。長々と待ったおかげで、国政と源二郎はいよいよ拝殿に近づきつつあった。

気詰まりな状態で、源二郎と参拝の列に並んでいるのはごめんだ。早いところお参りをすませ、家に帰りたいものだと国政は思った。そんなに居心地が悪いのなら、さっさと列から離れ、一人で神社を出ていけばいいだけのことなのだが、そうできないのが国政の小心なところである。「おまえがいつまでもぶすくれているなら、俺はもう知らん」と源二郎に言ってやりたい気持ちを抑え、「とりあえず新年のお参りはするべきだしな」とか、「俺だけ帰ったら、源二郎がますます怒るかもしれない」などと、ぐずぐず考えていた。

急に源二郎が列から離れた。まさか待ちくたびれて、自分だけ帰るつもりなのか。帰りたいほどの気まずさを抱えているのは、俺のほうなのに。国政は驚き、なんだかプライドを傷つけられたような気持ちになって、

「おい、どこへ行く」

と声をかけた。

「しょんべん」

源二郎は背中を向けたまま答え、社務所のほうへ歩いていってしまった。

なんなんだ、いったい。列に取り残された国政は憤然とした。源二郎の勝手気ままぶりには、振りまわされてばかりだ。休戦を呼びかける声を無視して便所に行くやつがあるか。小用を足

している場合じゃあるまい、と言いたい。

源二郎はなかなか戻ってこなかった。ここに来て、列の進みが速くなったように国政には感じられた。賽銭箱がどんどん近づいてくる。なぜこのタイミングで、源二郎は便所になど行くのだ。小用ひとつで、どれだけ時間をかけるつもりなのだ。おまえのしょんべんは絶えることのない滝のごときものなのか。国政はいらいらはらはらし、拝殿と社務所とを交互に見やった。

遠い昔、同じような気持ちでひとを待ったことがあるのを思い出した。

そう、もう半世紀はまえの、八月十五日の夜のことだ。


若き国政と源二郎は、小船を操って荒川を渡り、堀切がわの岸辺につけた。月のうつくしい晩だったが、深夜だというのに蒸し暑く、黒い川面《かわも》が油のようにぬめついていた。土手の草も、心なしかうなだれて見える。

今夜、花枝が家を抜けだし、源二郎のもとに来る手はずになっている。

有田家では十四日の昼間、自宅に僧侶を呼んで盆の読経《どきょう》をしてもらったのだが、なぜか源二郎もやってきて同席した。国政の両親は怪訝《けげん》に感じたらしく、「源二郎はお盆の供養をしなくていいのか」「もうお墓参りには行ったの?」などと尋ねたが、源二郎はまるで上の空で、「はい、はい」と答えるばかりだった。

読経が終わると、源二郎は待ちかねたように国政を表へ引っ張りだした。そのまま荒川の土手を下り、自分の船に乗りこもうとする。勢いに引きずられ、源二郎のあとをついて歩いていた国政は、さすがに足を止めた。日はまだ高い。

「どこへ行くんだ」

「花枝を迎えに行くんだよ」

「約束の時間は、午後一時じゃない。午前一時だぞ」

「早めに向こう岸に着いておかないと、花枝が待ちくたびれて帰っちまうかもしれねえだろ」

それにしたって、出発するのが早すぎる。荒川は大河ではあるが、黄河やアマゾン川ではない。半日まえから渡りはじめる必要はないだろう。

国政は源二郎をなだめた。

「気持ちはわかるが、まあ落ち着け。だいいち、なぜ俺が迎えに同行しなきゃいけないんだ?」

「冷たいこと言うな。幼なじみだろ」

幼なじみとして、俺はすでに十二分に活躍したはずなのだが。国政は包帯を巻いた自身の左手に視線を落とした。ロクに噛まれた傷跡は、まだじくじくと痛む。こんな目に遭いながらも、花枝が家を脱走してくるよう算段をつけてやったのだ。もうお役ごめんにしてほしいところだったが、源二郎はめずらしく弱気な目で国政を見ている。

しかたがない、つきあってやるか。

国政は小さく首を振り、時間を持てあましている源二郎に指示した。

「花枝さんが乗るんだから、船の掃除をしろ。途中で船ごと流されたらことだから、エンジンの点検も忘れるな」

源二郎は素直に言いつけに従い、船のエンジンにオイルを差したり、船底を掃き清めたりと、花枝を迎える準備をした。国政はそのあいだ河原に座っていた。手もち無沙汰なので、小石を川へ投げ入れ、波紋が広がる様子を眺める。源二郎は張り切りすぎて、エンジンが空回りしそうなほどオイルを注ぎこみ、船底が摩耗して穴が空きそうなほど激しく箒《ほうき》を動かした。

作業を終えた源二郎は、国政の隣に腰を下ろした。かと思ったら、次の瞬間には立ちあがり、着ていた紺色の浴衣を脱いでふんどし一丁になった。国政はなにごとかと驚き、源二郎を見上げた。源二郎は堂々たる足取りで荒川に踏み入り、向こう岸を目指して泳ぎはじめた。

国政は呆然と源二郎を見送った。当時はまだ、公害という言葉も耳慣れぬもので、荒川の水も澄んでいたが、流れは名に恥じず荒々しく逆巻いていた。源二郎は少し下流に流されつつ、向こう岸についた。休むまもなく、源二郎は身をひるがえし、腕で水を切ってこちらへ戻りだす。

国政は日差しに首筋を灼《や》かれながら、源二郎が帰ってくるのを待った。国政がいる岸に泳ぎついた源二郎は、全身から水を滴らせ、息を荒らげて仁王立ちした。

「……なにをしてるんだ、おまえは」

国政はあきれて尋ねた。

「じっとしていられねえんだよ」

と源二郎は答えた。

源二郎の体力にかかれば、船いらずだ。花枝さんを肩車して荒川を渡ればいいんじゃないかと、国政は思った。源二郎はふんどし姿のまま、河原に寝ころがった。熱せられた石をものともせず、仰向けからうつぶせへ、うつぶせから仰向けへと体勢を変え、濡れた体を乾かしている。

やおら源二郎は立ちあがり、浴衣を羽織って帯を締めながら言った。

「じゃ、日付が変わるころに、ここでな」

そのままさっさと土手を上がり、自宅のほうへ歩いていく。

本当になんなんだ、いったい。河原に取り残された国政は、思いきり力をこめ、大きめの石を十個ほど次々に川へ投げ入れた。なぜ俺が同行せねばならんのだ。まったくもって理不尽な源二郎の行いである。

とはいえ国政は律儀なので、源二郎の頼みを無下にはできない。柱時計が深夜十二時を打つころ、再び荒川へ向かった。源二郎はすでに船に乗って待っていた。昼間に着ていたのと同じ、紺の浴衣姿だ。きちんとした身なりのほうがいいだろうと、俺はパリッと糊のきいた白いシャツを着てきたというのに、花婿のおまえが浴衣というのはどうなんだ。

そう思いはしたが、いまさら言っても詮《せん》ないことだ。国政と源二郎を乗せた小船は、対岸を目指し、荒川へと漕ぎだしたのだった。

午前一時を過ぎても、花枝はやってこなかった。岸にもやった船のへりを、さざ波が打つ音がする。ときどき鮒《ふな》かなにかが跳ね、月に鱗《うろこ》を光らせる。

家を抜けでるのに手間取っているのだろうか。ご両親に見つかってしまったのではあるまいな。国政はいらいらはらはらし、月明かりのもと、はじめてのボーナスで買った腕時計をたしかめた。針はもどかしいほどゆっくり動く。午前一時五分だ。

「おい、政」

しびれを切らした源二郎が言った。「おまえ本当に、ここに一時と花枝に言ってくれたんだろうな」

「言ったさ」

ひとまかせにしていたくせに、疑われるのは不本意だ。国政はむっとして答えた。

「花枝さんが、なにか勘違いしているんじゃないか」

「なにをぅ。花枝をまぬけみたいに言うな」

「そんなことは言っていない。気になるなら、ちょっと様子を見てこいよ」

「俺がのこのこ行ったら、花枝の親父とロクの餌食になっちまうだろうが」

「それぐらい、たいしたことではあるまい。俺などおまえのおかげで、すでにロクの餌食になってしまったんだぞ」

国政と源二郎が言い争いをしているところへ、深夜に似つかわしくない華やいだ声が降ってきた。

「お待たせしました、こんばんは」

仰ぎ見ると、土手のうえに花枝が立っている。うれしそうに微笑み、国政と源二郎に向かって手を振っている。月に照らされた花枝は、とてもきれいだった。川まで駆けてきたのか、淡く桜色に上気した頬。白い半袖シャツがほのかに光り、長く艶《つや》やかな黒髪が夜そのもののようだ。

天女の降臨を目撃した気分で、国政は河原に突っ立っていた。紺色のスカートの裾が動き、花枝は土手を下りはじめた。危なっかしい足取りだ。こんな調子で、子どもたちに体育を教えられるんだろうか。案の定、花枝は斜面で盛大につまずいた。なんとか転びはしなかったが、半ば落下する感じで、足をもつれさせながら河原に下り立った。

隣で同じく突っ立っていた源二郎の脇腹を、国政は肘で小突く。源二郎は活を入れられたように「はっ」となって、花枝に近づいていった。夢遊病者の足取りである。夜だというのにまばゆそうな表情で、源二郎は花枝が持っていた鞄を黙って受け取った。四角い小さな旅行鞄だ。あんなものに、身のまわりの品がすべて入るとは思えない。本当に身ひとつで、花枝は源二郎のもとへ来たのだ。

愛だけをたよりに。

花枝がいかに本気かがうかがわれ、国政はこみあげてくるものがあった。うつくしい女に心から慕われているのだと思うと、幼なじみがうらやましいようにも誇らしいようにも感じられた。

源二郎は空いた手で花枝の手を引き、船に乗せてやった。河原に立つ国政のまえを通りすぎるとき、花枝は軽く会釈した。国政も会釈を返し、源二郎と花枝の姿を見守る。花枝は揺れる船に戸惑ったようだが、なかほどに腰を下ろした。源二郎がもやいを解き、エンジンをかけた。

どるどるどるとエンジン音があたりに響く。花枝の両親やロクが気づいて追ってくるのではないかと、国政は気が気でなかった。艫《とも》に立った源二郎が、「政、早く」と急きたてる。靴が濡れるのもかまわず、国政は川に数歩わけ入り、動きはじめた船に飛び乗った。

源二郎の小船が、荒川の流れをゆっくりと横切っていく。丸い月が銀色の光を水面に投げかけ、夢のなかの川を渡るかのようだった。

正面を向いて舳先《へさき》に座った国政は、「もう安心だ」と言おうとして、ちょっと振り返った。源二郎はエンジンの脇に立ち、舵《かじ》を握っていた。花枝は身をよじるようにして、そんな源二郎を見上げていた。二人は見つめあい、言葉もなく会話していた。

お互いの愛について。親を捨ててきた痛みについて。親を亡くし家族を欲してさまよったさびしさについて。これから待ち受ける、希望と幸福に満ちた暮らしについて。

二人が交わす熱い視線のせいで、荒川も沸騰しそうである。国政はやれやれと首を振り、顔を正面に戻した。いったいぜんたい、なぜ俺はここにいるんだ。とんだお邪魔虫ではないか。

行く手では墨田区Y町の明かりが、夜のさなかに揺れていた。


船で嫁入りしてきた花枝は、三丁目の角の家で源二郎との生活をはじめた。父親の反対を振り切って家を飛びだしてきたので、ちゃんとした祝言《しゅうげん》は挙げなかった。荒川を渡り、Y町に着いた晩、源二郎宅の茶の間で三三九度の真似事をしただけだ。源二郎はあいかわらず浴衣姿、花枝も船に乗ったときと同じく普段着のままだった。

朱塗りの杯など源二郎の家にはなかったから、二人は陶器のお猪口を使い、順番に酒で唇を湿らせた。国政はまだ解放されず、即席の結婚式に立ちあわされた。

「明日、役所に婚姻届を出しにいこう」

お猪口を交わし終えた源二郎が言い、花枝はうれしそうに同意した。よかったよかった。国政がうんうんうなずいていると、源二郎が手ぶりで「帰れ」とうながす。意識は早くも、花枝と過ごす新床《にいどこ》へと飛んでいるらしい。あれほど協力してやったのに、ことが無事に運んだら早くも厄介払いか。

釈然としなかったが、新婚初夜を邪魔して馬に蹴られてはたまらない。国政はおとなしく退散した。源二郎と花枝がどんな夜を過ごすのか、なるべく想像しないようにした。ひとけのない深夜の道に、帰宅する国政の影が長くのびていた。

花枝は死ぬまで、源二郎と幸せに暮らした。幸せだったのではないかと、少なくとも端《はた》で見ていた国政は思っている。

国政が休日に家を訪ねると、源二郎と花枝はたいがい、二階の窓辺に寄り添って座っていた。窓枠に肘を置いた花枝が、道へ身を乗りだすようにして、

「あら、国政さん」

と声をかけてくれた。振り仰ぐと、源二郎と花枝の顔が窓に並び、二人ともにこにこと笑って手を振っている。

花枝の両親は娘かわいさから、結婚後一年で怒りを解き、川を渡ってしばしば源二郎の家にやってくるようになった。源二郎は率先して船を出し、花枝の両親の送り迎えをした。ロクも一緒に船に乗って、花枝のところに遊びにきた。不安そうに船に揺られてきたロクは、岸に立って出迎える花枝の姿を見ると、尻尾をプロペラほど回転させて飛びつくのだった。

源二郎と花枝は仲がよかった。つまみ簪を作ることしか頭にない源二郎に代わり、花枝が小学校に勤めるかたわら、経理を担当した。国政がいるまえでも、二人はかまわずに喧嘩をした。たいがい花枝が、

「飲み代がかさみすぎよ」

「どうしてこんなに高い羽二重を仕入れたの」

などと怒る。源二郎は、

「ガソリンがなきゃ、手も動かねえだろ」

「いい布を使わずに、いい品ができると思うな」

などと反論するのだが、最後には言い負かされてもごもご黙りこむ。

国政も源二郎に遅れること一年で結婚したが、妻とはほとんど喧嘩をすることがなかったから、二人の諍いの激しさに驚きあきれた。しかし、これが本当の夫婦というものかもしれないな、とも思った。源二郎と花枝は言いたいことを言いあうと、いつも晴れ晴れした顔で飯なぞ食べはじめる。

「ごめんなさいね、国政さんのまえで」

花枝は照れくさそうに笑い、

「まったく、とんでもない女房をもらっちまったもんだ」

と、源二郎はまんざらでもなさそうなのだった。

花枝が病に倒れたとき、源二郎はつまみ簪の顧客のつてをたどり、いい医者のいる病院へ入院させた。決して諦めず、考えうるかぎり最善の治療を花枝に施してもらった。源二郎は、金に糸目をつけるということをしなかった。鬼気迫る形相でつまみ簪を作り、治療費を捻出した。

そのころ作ったつまみ簪は、凄絶なまでの美を宿し、源二郎の代表作となったものも多数ある。舞妓さんや文楽人形の髪に挿され、簪は地獄の業火のごとき美の炎を上げた。黒髪に映え、生き物めいて躍動した。源二郎の魂を食い、皮肉にも花枝の生命力をも吸いあげたかのように。

花枝が最後に一時退院してきたときのことを、国政はよく覚えている。源二郎と花枝は、手をつないで道を歩いていた。近所の商店街へでも、買い物に行くところだったのだろう。たまたま二人の姿を見かけた国政は、なんとなく声をかけるのをためらい、少し離れたところから様子を眺めていた。花枝は痩せてしまっていたが、かたわらを行く源二郎を楽しそうに見上げた。源二郎は花枝の歩調に合わせ、花枝を支えるようにゆっくりと足を運んだ。

目と目を見交わす、二人の横顔。あんなに愛と信頼がこもった眼差しを、国政は知らない。源二郎と花枝の心は、船で荒川を渡った夜から、微塵《みじん》も変わっていなかった。いや、よりいっそう、硬く透きとおった結晶になっていたと言えよう。大切なものを包むように、やわらかく握られた手。お互いの未来を信じ、導きあう手。あの晩、花枝を宝物のように船へ乗せてやったのと同じ、源二郎の手だった。

国政は遠ざかっていく二人のうしろ姿を、なにか貴いものに出くわしたような気持ちで見送った。

ついに滝も枯渇するときを迎えたのか、源二郎がやっと帰ってきた。手ぬぐいで手を拭きながら、鼻歌なぞ歌っている。最前までの不機嫌はどこへ行ったのか、

「考えたんだけどよ」

と列に戻るなり、国政に気安く話しかけてくる。源二郎と花枝を侮辱するようなことを言ってしまい、どう謝ろうかと悶々としていた国政はあっけに取られた。おまえの怒りは、小便とともに体外へ排出される仕組みになっているのか？

ちょうどそのとき、お参りの順番がまわってきた。源二郎は言いかけたことをそのままに、盛大に鈴を鳴らし、賽銭箱に五円玉を投じた。パアン、パアンと、掌の皮が破けるのではないかと案じられるほど強く、柏手《かしわで》を打つ。

「もう少し静かにお参りしろ」

国政が小声で苦言を呈すると、源二郎は片方の目だけ開けた。

「神さまってのは、すぐ居眠りするもんなんだよ。大きな音を立てて目を覚ましてもらってから、祈ったほうがいい」

そういうものなのだろうか。国政は奮発して五百円玉を賽銭箱に入れ、手を合わせて目を閉

じた。なにを祈ろうか数瞬考えるが、思い浮かぶことがなく、「源のやつがお騒がせしてすみません」と謝罪するだけで終わってしまった。

源二郎はさっさと拝殿を離れ、ひとでにぎわう境内を横切る。源二郎が妙なタイミングでトイレに行くから、国政はいらいらはらはらしながら待っていたというのに、まったくもってマイペースだ。しかも、お参りの順番が来るのを見計らったように、うまい具合にトイレから戻ってきたのがまた腹立たしい。心配して損をした。

神社の裏手から通りへ出た源二郎を追いかけ、国政は隣に並んで歩いた。

「なにを考えたんだ」

中断していた会話を再開すべく、水を向ける。

「おまえのことだよ」

と源二郎は言った。「正確に言うと、おまえんとこの夫婦仲についてだ」

「ほう。うちの夫婦仲について、考えただと?」

国政は嫌味たっぷりに返した。「トイレでか。小用を足しながらか」

「まあそうカリカリすんな。場所は悪ぃが、便所は考えごとに最適なんだ」

源二郎は、青く染めた髪を人差し指で軽く掻いた。「それで思ったんだけどよ、おまえはひがみっぽいのがいけねえ。かみさんに戻ってきてほしいなら、うじうじせずに迎えに行きゃあいいじゃねえか。べつに、ほかに男ができたってわけでもねえんだろ」

「あんなばあさんを相手にする男がいるはずないだろう」

そう答えつつ、国政はわずかに動揺した。国政自身は、「浮気など面倒くさくてごめんだ」と思う質《たち》なので、「妻の浮気」という可能性についても、まるで想像をめぐらしていなかった。もし、妻に男がいたらどうしよう。嫉妬なのか、男としてのプライドが傷つけられることへの恐れなのか判然としないが、怒りにも似たもやもやが腹の底に出現した。

源二郎は国政の動揺を敏感に察したようで、

「余計なことを言って、悪かった」

と頭を下げた。「でもまあ、一度かみさんに会いにいってみろよ。別居して、もうけっこう経つだろう。会えばすっきりするかもしれんし、案外あっちも、おまえが迎えにくるのを待ってるのかもしれないぜ」

国政のほうが失言を詫びるつもりだったのに、源二郎にさきに謝られてしまい、拍子抜けした。国政は、「ああ、うん」と口ごもりつつ、源二郎の提案を吟味してみる。

言われてみれば、源二郎の発言は筋が通っている。妻も家を出たはいいが、意地になってしまって、帰りたくても帰れないのかもしれない。だったら、俺が迎えにいってやらないとな。

国政は歩きながら腕組みをした。しかし、せっかく迎えにいったのに、もし妻が「帰りたくない」と言ったら、どうなるだろう。俺の面目は丸つぶれではないか。娘の夫は、なさけない舅《しゅうと》の姿を見て、内心でせせら笑うのではあるまいか。

どうすべきなのか結論を出せないまま、気がついたら源二郎の家のまえだった。むむ、自宅へ帰るつもりだったのに、ついつい源二郎についてきてしまった。

長時間立ちっぱなしだったせいか、小腹がすいている。せっかくだから、源二郎のところで昼を食っていこう。雑煮もおせちも源二郎にあげたチャーシューも、まだ残っているしな。

国政は源二郎宅に上がりこみ、勝手知ったるなんとやらで、台所で雑煮をあたため、餅を焼いた。途中で徹平とマミも浅草から帰ってきた。オーブントースターに、急いで餅を追加して並べる。

「俺がやるっすよ」

と徹平は恐縮していたが、

「いいから、たまには座っていなさい」

と茶の間へ押し戻した。

おせちの重箱を卓袱台に並べ、チャーシューの残りも皿に盛って、仕度ができた。四人そろって卓袱台を囲み、遅い昼ご飯を食べはじめる。

徹平は雑煮の入った器を片手に、熱弁をふるった。

「とにかく浅草寺はすごい人出なんすよ。もう、ひとの頭しか見えなくって、まさしく『黒山のひとだらけ』ってやつっす」

「徹平ちゃん。それを言うなら、『黒山のひとだかり』」

マミが優しく教え、

「そっか、やべえ。でへへ」

徹平は恥ずかしそうに体をくねらせた。なにが「やべえ」なのか。やばいほど慣用句を知らない、という意味か。国政にとっては徹平の言語感覚があらゆる面で謎だったが、失礼にならぬよう適度に相槌《あいづち》を打っておいた。

「混んでたわりには、早く帰ってきたじゃねえか」

餅を食いちぎろうと奮闘しながら、源二郎が疑問を呈する。

「待ってるのがばからしくなっちゃって」

と、徹平は言った。「すごく遠くから賽銭投げてきたんすよ」

「徹平ちゃん、並ぶの嫌いだもんねえ」

マミがおっとりと微笑む。

並ぶのが嫌いなら、なぜ元旦に浅草寺になど行くんだ。国政にとっては、徹平の行動もおおいなる謎だったが、黙っておいた。

「だめだなあ、おまえは」

源二郎は歯がゆそうに言った。「おまえの賽銭、神さまの手もとには届かねえで、だれかのフードに入っちまったぞ」

「いいっすよ。五円だったし、そのひとが俺のぶんまでお祈りしてくれたと思えば」

この師匠にして、この弟子あり。賽銭額も同じなら、言うことも似かよっている。

「列に並ぶことには短気だけど、それ以外のことにはおおらかなのが、徹平ちゃんのいいところよね」

マミは再びおっとりと微笑み、カマボコをずいぶん時間をかけて咀嚼した。本当におおらかなのはマミのほうであり、徹平はおおらかなのではなくおおざっぱというのではないか。国政はそう思ったが、やはり発言は控えておいた。

徹平とマミは、「えー、褒めすぎっすよ」「そんなことないわ」などと、いちゃいちゃしはじめた。昼間で、茶の間で、源二郎も俺もいるんだが……。見つめあい、体を密着させはじめた徹平とマミから、国政は微妙に視線をそらす。徹平とマミは、「はい、あーん」と、お互いに黒豆などを食べさせてあげている。

こういうのを、「バカップル」というのだろう。国政は脳内の「若者言葉辞典」を引き、聞きかじった単語を眼前の光景に当てはめた。源二郎はといえば、恋の病に取りつかれた弟子を放置し、新聞を読んでいる。老眼鏡をかけても追いつかないのか、紙面と顔との距離が月と地球ぐらい空いている。

徹平とマミのせいで、室温が三度ほど上昇した気がする。国政は上着を脱ぎ、畳んで膝の脇に置いた。若い二人から放たれる桃色の邪念をシャットアウトし、国政は妻を迎えにいくべきか否か、また検討しはじめた。

考えてみれば国政にも、徹平とマミのように、源二郎と花枝のように、妻と仲むつまじい時代があったのだ。

国政は妻の清子《きよこ》と、見合いの席ではじめて会った。

「おとなしくて、いいお嬢さんだそうだから」と、母親に強く勧められてのことだった。国政に安定した生活を送ってもらいたいと、両親はひたすら望んでいる節があった。いい大学に入って、いい企業に勤めて、いい家庭を築く。戦争のせいで、国もひとも大混乱に陥《おちい》ったさまを目の当たりにしたからだろう。戦後、町が復興し、経済がどんどん上向きになっていくのを実感したからでもあろう。知識を蓄え、金を稼ぎ、安らげる家庭を持つ。それが幸せに至る一本道だと、固く信じているようだった。

そういう両親だから、源二郎のことは少し煙たく思っていたはずだ。息子の幼なじみとして、源二郎が家に顔を出せば愛想よく接したし、真実気にかけてもいた。だが、源二郎の自由奔放なふるまいに、両親は内心では眉をひそめていたところもある。

国政はそんな両親に辟易《へきえき》したが、邪険にはできなかった。両親の言いぶん、両親が思い描く平穏な生活は、退屈と紙一重ではあったけれど、たしかにもっともなものだと感じたからだ。源二郎のように周囲を気にせず行動して、なおかつ食っていけるだけの職も、愛する女も手に入れられる人間なんて、一握りしかいないだろう。国政は分をわきまえていた。俺は源二郎とちがい、「寄らば大樹の陰」タイプだ。組織に属し、堅実さを指向しなければ生きていけない。それが性に合ってもいる。ちゃんと、そうわかっていた。

釣書《つりがき》も写真もろくに見ず、国政は見合いに臨んだ。両親が気に入った娘ならば、だれでもいいと思った。源二郎と花枝の新婚生活を見るにつけ、俺もそろそろ結婚してもいいかな、という気持ちになってもいた。せっかく見合いをするのに、断られるのは癪だから、せいぜい先方に気に入られるよう努めよう。その程度の心がまえでいた。

見合いは都内のホテルで行われた。ホテルは広大な和風庭園を有しており、ちょっとした宴会を行える日本家屋が建っていた。その一室で、国政と清子は向きあって座った。十畳はある和室で、床の間には萩の花の絵がかけられていた。障子を開け放った縁側からは、庭の池が見える。絵に描いたような見合いだ。

世話人はたしか、母親の遠縁の女性だった。両家の母親と世話人の女性は、畳に手をついて際限なく挨拶を交わしあった。国政は、黒光りする巨大な座卓を挟み、向かいで正座している清子をうかがった。

清子は薄い水色の振り袖を着ていた。着物にも帯にも、豪華な刺繡が施されている。写真でちらと見たとおり、色白でややぽっちゃりした女だった。年のころは二十ぐらいか。清子は国政の遠慮がちな視線に気づき、うつむいて頰を染めた。国政の母親が太鼓判を押しただけあって、おとなしく気立てがよさそうだ。

悪く言えば、平凡でつまらなそうな女だ。国政は思った。容姿の面では、花枝と比べると月とすっぽんだった。でも、しかたがない。笑ってしまうほどおかめ顔なわけでもないのだから、このぐらいで手を打つのが賢明だろう。

ようやく親たちの挨拶合戦が終わり、会席料理が運ばれてきた。不躾《ぶしつけ》にならぬスピードで先付けをたいらげた国政は、次に出てきた汁椀の陰でため息をこぼした。昼からまどろっこしい料理を食いたくない。

しかし、見合いはまだまだ続行中である。

「清子さんは、高校を優秀な成績で卒業なさったあと、家事手伝いをしていらっしゃるんですよ」

世話人の女性が笑顔で言った。「お料理の教室にも通われているし、お裁縫もプロはだしだし、本当にどこに出しても恥ずかしくないお嬢さまですわ」

なるほど、斬新さを極限まで排したようなプロフィールだ。国政はまたも、花枝とのちがいを考えずにはいられなかった。

花枝は源二郎が操る小船に乗って、小学校へ出勤する。子どもたちに授業をし、夕日が傾きかけたころ、ときには夜になってから、乗り合いのバスや渡し船を利用して帰ってくる。源二郎の家のなかは、つまみ簪の材料やら、花枝が使う教材やらで、お世辞にも整頓されているとは言えない。源二郎も花枝も、それで特に不便は感じていないようで、夕飯づくりや買い出しの役目を代わりばんこにこなしている。

料理や裁縫ばかりして、清子は退屈しないのだろうか。せっかく戦争が終わり、新しい世のなかが到来したはずなのに、花嫁修業に専念して後悔はないのだろうか。修業までしたにもかかわらず、結婚相手がとんでもない男だったら、どうするつもりだ。

だが、いつも家にいて、家事をやってくれるのなら、国政にとってはありがたいことだ。そのうち国政の両親も年老いるだろうが、清子であれば優しく面倒も見てくれそうだ。国政はそのぶん、銀行での仕事に集中できる。俺みたいに堅実な男と結婚すれば、花嫁になるべく修業に勤《いそ》しんだ清子も、よもや不満は抱くまい。と、国政は早くも心中で清子を呼び捨てにした。

それにしても、周囲のものがしゃべるばかりで、清子の声をまだろくに聞いていない。国政はあれこれ考えたすえ、

「ご趣味はなんですか」

と尋ねた。結局、無難で退屈な質問になってしまった。

「読書です」

と清子は言った。質問に負けず劣らず、これまた無難で退屈な答えである。音量が小さいうえに短い返答だったため、声の印象もきわめて朧《おぼろ》だ。

会話の接ぎ穂は芽生えようもなく、国政は焼いたブリをほぐすことに専念した。清子は出された料理をちゃんと味わい、すべてたいらげている様子だ。食欲があるのは健康な証拠。しかし、全部食べるからふくよかになるのではなかろうか。

国政は気を揉み、清子の箸づかいに注目した。清子の箸は、口と皿のあいだできれいな軌跡を描く。意外に手が小さいことに気がついた。甲はうっすらとついた肉でふくふくしているが、指は細く形がいい。桜貝のような爪が、短く切りそろえられている。

かわいらしいな、と国政ははじめて、清子に積極的な好感を覚えた。清子は焼き魚の皿に添えられたはじかみを指さきでつまみ、こりこりかじった。国政と目が合うと、清子はいたずらを目撃された子どものようにはにかんだ。

その瞬間、彼女と結婚しようと国政は決めたのだった。見合いを終えて家に帰るあいだも、正式に結納を交わしたときも、結婚式の準備を進めているときも、浮き立つような気持ちには

まるでならなかった。しかし、そんなものよりもっと強い確信が国政にはあった。平凡かもしれないが円満な家庭を、清子とならきっと作っていける。愛よりも誠意で結ばれた、穏やかな家族になれる。

確信は、基本的にはまちがっていなかったと言えるだろう。

結婚し、国政の家で暮らすようになった清子は、よく立ち働いた。教室に通っていただけあって料理上手だったし、同居する国政の両親のこともうまく立て、関係は良好だった。

国政の母親は、「有田家ではこうするの」と言って、自己流の洗濯物の畳みかたを清子に伝授した。畳に正座した清子は真剣な顔つきでうなずき、一度で畳みかたを体得した。国政の父親は、清子がいれてくれる茶を好んだ。温度も濃さも最適だと言って、縁側で碁を打つときは必ず清子に茶を所望した。詰碁をしながらの父親の昔語りにも、清子は飽くことなくつきあうのだった。

国政が銀行から帰ると、清子は玄関で出迎える。国政の上着やコートを受け取る、小さな手。細い指が、重い布地にわずかに食いこんでいる。それを見るたび、国政は自分たちの寝室へ早く行きたくなる。

むろん、まずは両親へ帰宅の挨拶をせねばならない。国政の帰宅時間は遅いため、両親と清子はさきに夕飯をすませていることが多かった。だが、いつ帰っても国政のぶんの夕飯はきちんとあたためられており、国政が手を洗って食卓につくと、すぐに食べることができるようになっているのだった。

いい妻をもらった。国政は至極満足した。源二郎夫婦のことも、めったに思い出さなくなった。たまに行き来はあるが、花枝と清子を比べることはもうしなかった。清子は源二郎と花枝に対しても、朗らかかつ細やかに応接した。清子も、国政および国政との暮らしに満足しているように見受けられた。

見合いの席で、趣味は読書だと清子が言ったのは、無難さを狙った返答ではなく真実だった。清子は新品の布団以外、ほとんど嫁入り道具らしいものを持ってこなかった。国政の家には置き場所がなかったからだ。ただ、本だけはたくさん運び入れた。小説や図鑑が多いようだった。国政は夫婦の寝室に、日曜大工で本棚を作ってやった。清子はたいそう喜び、あれこれ並び順を考えながら本を収めた。重さのせいで十年も経たずに棚板がたわみ、結局その本棚は廃棄してしまったが、清子はのちのちまで、「お父さんが作ってくれた本棚が、一番使い勝手がよかった」と言った。

『細雪』の素晴らしさを、清子は国政に熱心に語った。国政には、谷崎潤一郎《たにざきじゅんいちろう》のよさがいまいちわからなかった。友人に妻を譲ったりなぞして、なんと風紀の乱れた男だと思っていた。だが、清子の所持する図鑑はおもしろかった。草花の図鑑のみならず、昆虫や鉱物・鉱石の図鑑まで持っている。どうしてだと尋ねると、

「子ども時分、虫を捕ったり、石を拾ったりするのが好きだったものですから」

と、清子は恥ずかしそうに答えた。

変わった女だと思った。言われてみるとたしかに、清子は網戸《あみど》に張りついたカマキリなどを、

ひょいとつかんで庭の草むらに戻してやっている。

清子は、「おとなしい」の一言で説明できる人間ではなかった。やわらかく丸っこい体のなかに、清子だけの世界が広がっている。あたりまえのことにいまさら気づき、国政は瞠目《どうもく》した。もっともっと、清子が見る世界、感じる世界を知りたくなった。清子が大切だと思っているもの、好きだと感じているものを知るたび、清子への思いは深まり、国政はとうとう、これを愛というのだと認めた。

誠意などといった、折り目正しい言葉で表現されるのとは、まったくちがったもの。情動も敬愛も苛立《いらだ》ちもすべてごった煮になった、「うわー」と部屋で一人叫びたくなるような、どうにもしようがない気持ち。愛。

清子は結婚後、五年のあいだに娘を二人生んだ。赤ん坊は嘘みたいに小さく、乳くさく、泣いたり寝たりしていた。国政は仕事で忙しかったこともあり、娘とどう接していいかわからなかった。生まれたばかりの娘の手にも、小さな小さな爪がちゃんと生えていた。清子と同じ形をした手と指と爪。愛おしいと心底から感じたが、風呂にも一度も入れたことがなかったし、おしめの替えかたも知らないままだった。

子どもたちが成長し、家が手狭になってきたので、いっそ両親を残して新居を構えようかと考えたこともあった。だが、生まれ育ったY町を出ていく踏ん切りがつかず、どうしたものかと躊躇《ちゅうちょ》するうち、両親が相次いで病に倒れた。引っ越しの腹案は沙汰やみになった。国政はあいかわらず家と銀行を往復する日々で、子育てと介護は清子が一手に引き受けた。

清子は愚痴も不平もいっさい言わなかったので、不満はないのだろうと国政は思っていた。

そうだ、不満を訴えられたことはなかったのだ。国政は回想を終え、一人うなずく。

源二郎宅の茶の間では、徹平とマミがまだいちゃいちゃしていた。いつのまにか、人形焼きの箱と人数ぶんの湯飲みが卓袱台に載っている。人形焼きは浅草土産だそうだ。五重塔の形をした人形焼きを、徹平とマミは互いの口にくわえさせている。源二郎は、打ち出の小槌《こづち》の形をした人形焼きを一口で食べた。

「で?」

と、咀嚼を終えた源二郎が言った。「なんだかにやにやしたり遠くを見る目になったりしてたが、結論は出たのか」

「ああ」

国政は咳払いし、座布団のうえで座り直した。「一度、娘の家へ行って、妻に会ってこようと思う」

「まじすか」

徹平が喜ばしげに身を乗りだしてくる。「奥さん、きっと待ってるっすよ」

「えー、でも……」

マミは気づかわしげに口ごもった。「出ていったきり連絡があんまりないんですよね? だったらそっとしておいたほうが……」

「なんてこと言うんすか、マミさん！」

徹平はめずらしくマミに反論した。「有田さんがかわいそうじゃないすか！」

「傷つくことになったら、なおさらかわいそうでしょう。離れてもやっていけるなら、わざわざ会いになんて行かないほうがいいと思う」

若い二人に哀れまれてしまった。国政は自身が不甲斐なく、うつむくほかなかった。

マミの言うことにも、一理ある。妻の真意を問いただし、こんな年になって手ひどくはねつけられるなど、国政としてもごめんこうむりたい。しかし、曖昧《あいまい》なままにしておくのもいやだった。

一緒に暮らすあいだ、妻は不満は言わなかった。にもかかわらず、ある日突然、娘の家へ転がりこむなど、勝手極まりないではないか。言ってくれなければ、国政としても妻の気持ちを察しようがない。妻の所業は、まえぶれもなく突如大噴火する火山のようなもので、迷惑千万である。

「やはり、訪ねてみることにするよ」

国政は平静を装って宣言し、源二郎の家を辞することにした。そうとなったら、準備をしなければ。

源二郎は土間に下り、国政を見送ってくれた。

「うまくいかなくても、悲観して川に身投げなんかするんじゃねえぞ」

と、源二郎は言った。「待っててやるから、ちゃんとY町に帰ってこい」

縁起でもないことを言う。だいたい、てんで子ども扱いではないか。

幼なじみの心づかいを、煙たくもありがたくも感じつつ、国政は家へ帰った。途中で商店街に寄り、Y町名物「笹の葉あめ」を購入した。娘一家への土産にしよう。

笹の葉あめは、江戸時代には飴を笹の葉でくるんだものだったそうだが、いまではなぜか、笹舟を模した形状の飴に変化している。甘いものが少なかったころならいざ知らず、現代の日本で生きる国政の娘や孫が、洗練とは程遠い飴など好むはずがない。しかしもちろん、国政はその事実にはちっとも思い至らないのだった。


娘の家に電話をかけると、娘の夫が出た。男がほいほいと電話になぞ出るな。娘の夫の名など死んでも呼びたくない。そんな想念が脳裏をよぎり、国政はしどろもどろになって言った。

「ああ、きみ。有田だが」

「お義父《とう》さん」

連絡してくるとは思っていなかったのか、娘の夫は驚いたようだった。「あけましておめでとうございます」

「うん、おめでとう。そこでだが」

なにが「そこで」なのかわからないが、国政は早口で一気に述べた。「明日にでもそちらへうかがおうかと思っているが都合はどうかな」

「明日ですか……。いや、僕は家にいるんですが」

おまえはべつにいなくていい。国政は内心で舌打ちした。娘の夫は、電話口でごそごそしだした。背後にいる家族に相談を持ちかけているようだ。男のくせに、自分で決められんのか自分で。国政は今度は遠慮なく、実際に舌打ちした。

タイミング悪く、

「もしもし」

と受話器から娘の声がした。「明日って、急だね。なにか用?」

ひさしぶりに声を聞いたが、元気そうだ。娘と話し慣れない国政は、いっそうしどろもどろになって、

「ああ、いや、用というわけじゃないが」

「じゃ、来ないでいいよ」

親に向かって、なんたる言いぐさ。

「いや待て、用ならある!」

国政は自身を奮い立たせて言った。「おまえの母さんは、いったいいつ帰ってくるんだ。正月だというのに顔も見せない。だからわたしが会いにいく」

「えー。だから、来ないでいいってば」

「行くったら行く。……母さんは元気か?」

「明日、来るんでしょ」

娘は大きなため息をついた。「会ってたしかめればいいじゃない」

「それはそうだが」

「お父さんって、いつも唐突で強引だよね。こっちの都合なんて、まるで考えてないんだから」

「それもそうかもしれんが、しかし」

すでに電話は切れていた。

国政はしずしずと受話器を戻し、薄暗い台所で肩を落とした。娘の様子から推察するに、友好的な会見はとても期待できそうにない。

せめて孫の機嫌は取りたいと、国政は財布から皺《しわ》のない札を選りわけた。ポチ袋があればいいのだが、あいにく買い置きが見当たらなかったので、丁寧に畳んだ札をティッシュペーパーでくるんだ。じじくさいといやがられるだろうか。

夕飯は茶漬けを作って簡単にすませた。銭湯へ行きたいところだったが、さすがに元旦は営業していなそうだ。国政は家の風呂に湯を汲みこんだ。一人暮らしをするようになってから、なんとなくもったいない気がして、自宅ではあまり風呂を使わなくなった。だが今回ばかりは、背に腹は替えられない。加齢臭をさせていては、帰ってくるはずの妻も帰らなくなってしまう。

念入りに体を洗い、じっくり湯船に浸かった。電灯に照らされ、湯の表面が割れた流氷のように鋭角的に光る。

遠い日、夜にきらめいていた川面を思う。川が、船が、自分たちの行く道が、希望を運び幸せへと通じるのだと信じていられたころ。源二郎と花枝が三丁目の角の家で暮らし、清子がためらいも迷いもない目で国政に笑いかけていたころ。

花も嵐も踏みこえれば、いずれ平穏なる老境に達せるものと思いこんでいたのに、国政は未だ暴風雨のただなかにたたずんでいる。

輝ける青春はとうに思い出と化し、国政の記憶の彼方で、遠雷のごとくかすかに鳴り響くばかりだった。

五

★平成無責任男

正月二日、有田国政《ありたくにまさ》はまたも朝の五時半に目が覚めた。娘一家を訪ねるには、いくらなんでも早すぎる。

時間をつぶすため、国政はコンビニエンスストアまでゆっくりと往復した。帰宅し、買ってきた切り餅を二個、オーブントースターに入れる。餅は悲しいほどすぐに焼けた。しょうゆをまぶし、海苔《のり》で挟んで、これまたゆっくりと咀嚼《そしゃく》する。

正月になると、老人が餅を喉に詰まらせて死亡する事故が報じられる。国政は不慮の事故を回避すべく、ここ二年ほど、自宅で餅を食べるときは、食卓のかたわらに掃除機を置いていた。しかし、こんなに太い筒状のものを、悶え苦しんでいるときにくわえられるだろうか。隅っこを掃除するための付け替え用ノズルは、もうずっと行方不明のままだ。

餅もすぐに食べ終えてしまった。最近の切り餅は小さすぎる。国政はしかたなく、前夜も入った風呂にまた入った。

箪笥《たんす》にしまいっぱなしになっていた背広に着替え、考えたすえ、渋めのネクタイを締める。ラフな恰好で行って、「所詮《しょせん》は気楽な隠居の身だからな」などと、娘の夫に侮《あなど》られては困る。

革靴も磨き直した。

娘の家へ持っていくものといったら、笹の葉あめと孫への小遣いぐらいしかないのだが、それでも国政は、銀行員時代に使っていた黒革の鞄を使用することにした。押入から引っ張りだしてみると、鞄は見事にカビており、グレーになっていた。

濡れ縁に腰かけた国政は、乾いた布巾と濡れた布巾の二枚づかいで鞄を拭きはじめた。本日もいい天気だ。冬の日差しに照らされ、狭い庭にカビがもうもうと舞った。これを吸いこんだら体に毒ではなかろうかと案じられたが、いまさら体を案じてもしかたのない年だったと思い直し、マスクもつけず鞄を拭くことに没頭した。

二枚の布巾を交互に使い、八回ほど拭いたら、鞄はようやく黒さを取り戻した。そのうちまたカビが浮かびあがってくるかもしれないが、まあいいだろう。国政は時間をつぶせたことに満足した。

娘一家は横浜に住んでいる。ここで言う娘とは長女の蕗代《ふきよ》のことで、いまは四十代半ばのはずだ。蕗代は三十四で結婚するまで、ずっと建設会社で働いていた。国政はやきもきしていたから、蕗代が結婚すると聞いて安心したものだ。お相手は同じ会社の後輩で、蕗代は彼が入社したときの研修担当者だったらしい。年下の男はいかがなものか、と国政は思わなくもなかったが、この機を逃したら蕗代は一生結婚できまいと思い、文句を飲みこんだ。

蕗代の夫の名は輝禎《あきよし》というのだが、「読めん!」と判断した国政は、以降、内心では「次郎《じろう》」と勝手に呼んでいる。ちなみに、国政の次女である光江《みつえ》は、蕗代よりもずっと早く、二十代前半で結婚し、いまは宮崎県に住んでいる。光江の夫は「大祐《だいすけ》」という名なのだが、国政は大祐のこともなんとなく気に入らず、意地でも正確な名前なぞ呼んでやらんという心意気で、心中では「太郎《たろう》」と勝手に呼びならわしていた。そこで、次に結婚した蕗代の夫は、「次郎」なのである。

光江夫妻には子どもがおらず、距離的にもずいぶん離れて暮らしているせいもあって、国政とはほとんど没交渉だ。蕗代は子どもができるまでにも数年かかったが、いまでは聖良《せいら》という七歳のかわいい女の子がいる。この名前も国政には納得がいかず、呼ぶのが気恥ずかしい。そこで、孫に直接呼びかける数少ない機会には「せいちゃん」、脳内では単に「孫」と呼称している。

ようやく時計が九時半を指したので、国政は革靴を履き、黒い鞄を持って家を出た。墨田区Y町の細い路地を抜け、いつもよりは車の少ない大通りを渡って、駅へ向かう。

蕗代の住所はメモしてきたが、なにしろこれまでお呼びがかからなかったため、一度も行ったことがない。横浜に関する土地鑑もない。横浜市に住んでいるというからには横浜駅を目指せばよかろうと、国政はちょうどホームにやってきた京成押上《おしあげ》線に乗りこんだ。折良く、京急本線に乗り入れする電車で、このまま横浜駅まで連れていってくれるもようだ。

道程はうんざりするほど長かった。川崎大師へ初詣に行こうということなのか、車内は家族づれやカップルで混みあっている。窓から見えるのは灰色で単調な風景ばかりだ。国政は吊り革につかまり、席を譲られたりせぬよう、精一杯背筋をのばしていた。そんな努力をしなくても、乗客はみな話したり泣く子をあやしたりで忙しく、だれも国政に注意を払ってなどいなかったのだが。

Y町から出るのは、ずいぶんひさしぶりだ。国政は思った。通勤しなくなると、こうも行動半径が狭まるものなのか。灰色かつ単調であろうとも、車窓の風景がものめずらしく感じられる。以前は床から足が浮きそうな超満員電車に乗って、勤務先と家とを行き来していたのに、それに比べれば天国ともいえる混み具合にもかかわらず、国政は早くも疲労を覚えだした。

案の定、川崎で多くのひとが電車を降りたが、同じかそれ以上のひとが乗ってきたので、国政は座れないままだった。空いた席に移動せんと試みたのだが、動きがあまりにゆっくりすぎて、どっしりした体格の中年婦人に先んじられてしまったのである。そんなわけで、横浜駅に降り立ったときには、国政は少々ふらついていた。

京浜急行横浜駅のホームのベンチに腰かけ、やれやれと一息つく。大勢のひとが確固たる目的を持って、ホームを歩いたり階段を上り下りしたりしているように見える。国政はその様子に鼓舞され、ベンチから立ちあがった。ホームに立つ駅員に、娘の住所を書いたメモを見せ、何口を出ればいいのか尋ねた。

「青葉区ですと、ちょっと遠いですよ。電車に乗らなきゃ行けません」

衝撃を受けたが、国政は駅員に礼を言い、教えてもらったJRに乗り換えた。路線名は覚えていない。江戸っ子の矜持《きょうじ》がある国政からすると、地の果てを走るローカル線のように思えた。なんともひなびたムードの駅で、私鉄に乗り換える。車内に流れる車掌の声を苦心して聞き取り、いま乗っているのが東急田園都市線であると知った。ドアのうえに貼られた路線図を見た国政は、自宅の近所に田園都市線が乗り入れをしていることを発見し、だったらそれに乗れば、娘の最寄り駅まで一本で来られたのかと、またまた衝撃を受けた。家を出てから二時間近くが経過している。とんだ遠回りをしてしまった。

ようやく目指す駅に到着した国政は、改札口を出て呆然とした。丘陵地帯に延々と建て売り住宅が並んでいたからだ。なにが横浜だ。海がないどころか、明確に山のなかじゃないか。国政はこっそり悪態をつき、住所を頼りに蕗代の住む家を探すことを、あっさり放棄した。こう似た家ばかりでは、住人でさえ迷子になりそうだ。

駅舎の向かいに、赤い看板のパン屋があった。シャッターは閉まっていたが、ありがたいことに緑の公衆電話が設置されている。国政は、これまたぬかりなくメモしてきた番号へ電話をかけた。

「はい、大原《おおはら》です」

と、娘の蕗代が出た。

「わたしだ。いま、駅に着いた。すまんが迎えにきてくれ」

「ほんとに来たの？　お昼どうするの」

腕時計を見ると、十一時半過ぎだ。

「必要なら、なにか買っていくが」

不機嫌そうな蕗代の声に気圧《けお》され、国政はおずおずと提案する。

「べつに、ありもんでいいなら、いいけど。どうせお父さん、たいしておいしくもないもの買ってきちゃうんだろうし」

そう思うなら、なぜ昼食について話題を振ったのだ。意地が悪く嫌味ったらしいことだ。まったく、年がいってからの清子《きよこ》にそっくりだ。国政は憤慨したが、なんとか怒りと苛立《いらだ》ちを押し殺し、

「まあ、迎えを頼む」

と言って受話器を置いた。

改札に戻り、駅前の小さなロータリーをぼんやり眺めていると、十分ほどして銀色の車がやってきた。ファミリー向けに、車内広々、荷物もいっぱい載るタイプのものだ。運転席から次郎が降り、

「お義父《とう》さん、こっちです、こっちです!」

と手を振る。次郎くん、太ったな、と国政は思った。もともと、ひとのよさそうな顔をしていたのだが、ますます頬がつやつやし、腹まわりも貫禄が増している。妻と子と義母に囲まれ、のうのうと幸せな暮らしを送っているのかと思うと、国政の苛立ちは募った。

もちろん、そんな邪推と嫉妬はおくびにも出さず、

「やあ、世話をかけてすまない」

と言いつつ、車に近寄っていく。どうやら、次郎一人で迎えにきてくれたらしい。国政はどこに座るのがいいか少し迷ったが、次郎に勧められるまま助手席を選んだ。

案外神経質な蕗代の内面を反映するかのように、車内には無駄なものはなにひとつなく、ゴミも落ちていなかった。バックミラーからお守りでもぶらさがっていれば、「おや、嚴島《いつくしま》神社に行ったのか」などと会話のきっかけになるのだが。しかたなく、国政は次郎と、

「元気だったかい」

「おかげさまで、うちは元気すぎるほどですよ。お義父さんは？」

といった、儀礼的なやりとりをした。

車は住宅街のなかの坂道を上っていった。もう絶対に、一人で駅までたどりつくことはできない。似たような家が何十と連なるさまを見て、国政はめまいを覚えた。清子ももしかしたら、Y町の家へ帰りたいのに駅までの道がわからず、やむなく蕗代のところに留まっているのではないか。そんな夢想をしたほどだ。

しかしもちろん、現実は常に夢想よりも苦い。

薄ピンクの外壁に白い窓枠の、国政には「奇怪」としか思えぬ一戸建てのまえで、次郎は車を停めた。「どうぞ、さきに行ってください」という言葉を残し、次郎は玄関脇の狭いスペースに、何度も切り返して駐車を試みだした。国政はためらいつつも、表札が「大原」となっているのをたしかめ、インターフォンを押す。

ぺーんこーん、と間の抜けた音がしたが、内部からの反応は皆無だった。どうしたものかと思案していると、ようやく駐車を完了した次郎が、

「あれ、だれも出ませんか」

と蔓草《つるくさ》模様の門扉を開け、さきに立って玄関のドアに手をかける。門扉にはわざとらしい緑青《ろくしょう》がふいていた。国政は所在なく、車のほうへ目をやった。神業と言っても差し支えないほど、銀色の車体はぴっちりとスペースにはまりこんでいる。

玄関に鍵はかかっておらず、ドアはスムーズに開いた。正月なのに松飾りもしないのかと思いつつ、国政はうしろ手に門を閉め、次郎につづいて屋内に入った。

他人の家のにおいがした。正確に言えば、家のにおいを隠すための、芳香剤の甘ったるい香りがした。

「おーい、お義父さんがいらっしゃったよ」

次郎は奥へ声をかけながら、短い廊下を直進した。ガラスのドアがあり、その向こうがリビングらしい。国政は革靴を脱ぎ、次郎が出してくれた花柄のピンクのスリッパを履いて、リビングを覗いた。

妻の清子と娘の蕗代が、ソファに座ってクッキーをかじっていた。視線は箱根駅伝を放映中のテレビに釘付けだ。孫の聖良は観戦に飽きてしまったのか、ダイニングテーブルに児童書を広げていた。

「いらっしゃい」

と、清子は視線を動かさずに言った。「これは、山で勝負がつく展開ね」

「うん」

と、蕗代もテレビを見据えたまま答えた。「ほら聖良、おじいちゃん来たよ」

聖良は一瞬だけ国政を見たが、照れているのか、見慣れぬ訪問者に戸惑っているのか、すぐにうつむいてしまった。

「こんにちは」

かろうじて、小さな声での挨拶だけは寄越される。

「こんにちは」

と国政は返し、妻と娘のほうをうかがいながら遠慮がちに、聖良のはす向かいにあたる椅子に腰かけた。気を利かせた次郎がキッチンへ向かい、

「お義父さん、コーヒーでいいですか」

とカウンター越しに声をかけてくる。本当は緑茶のほうがよかったが、国政はもちろん、

「ああ、いただきます」

と答えた。

子どもがいる家とは思えないほど、室内はすっきりと片づけられている。湯の沸く音。テレビのなかの歓声。児童書を読むふりで、ちらちらと国政を見る聖良。

国政は「そうだ」と鞄を探り、笹の葉あめとティッシュにくるんだ千円札を出した。

「お土産とお年玉だ」

「ありがとう」

と聖良は言い、笹の葉あめには目もくれず、ティッシュのほうに手をのばした。中身を確認し、強いてはしゃいだような声で、

「ママー、おじいちゃんから千円もらった！」

と報告する。

「あら、ありがとう。聖良もお礼を言って」

「もう言ったよー」

到着して五分も経たないうちに、手持ちの札を使い果たしてしまった。国政は自分にがっかりし、次郎がいれてくれたコーヒーに口をつけた。次郎は聖良の隣、国政の向かいに座り、同じくコーヒーカップを傾けている。ブラックで飲むのが習慣なのか、ミルクも砂糖も用意されていない。苦くて黒い液体を、国政はちびちびすすった。

「なにを読んでいるんだい」とか、「七五三の写真を見たよ」などと話しかけても、聖良は口のなかで、「うーん」「ふーん」と言うだけだ。躾《しつけ》はどうなっているんだ、と思ったが、次郎も蕗代も注意をしない。次郎はにこにこしたまま、蕗代は頑固にテレビへ視線を向けたまま、押し黙っている。

国政はなおも、

「笹の葉あめ、食べないのかい。おいしいよ」

「七五三のとき、せいちゃんがつけた簪《かんざし》は、おじいちゃんの友人が作ってくれたものなんだ」

と、果敢に接近を試みたのだが、聖良は困った顔で蕗代をうかがう。

それで国政も、さすがにわかった。蕗代が国政に対して素っ気ないから、聖良も祖父になつくわけにもいかず、どういう態度を取ったらいいものか決めかねているのだろう。つまり、父親に対して無礼なふるまいをするような娘に蕗代を育ててしまった、国政と清子の責任である。責任の半分を担う清子は、この事態をどう考えているのか。国政はソファにいる清子を見た。

清子は立ちあがり、

「お餅でも焼きましょうか」

と言った。「あなたは二個でいい？」

また餅か、と国政は思ったが、妻が話しかけてきたのはうれしく、「うん」とうなずいた。

ややあってオーブントースターが「ちーん」と鳴り、とろけるチーズを載せて焼いた切り餅が、大皿に並べられた形でダイニングテーブルに置かれた。

「大人は二個、聖良ちゃんは一個」

と清子は言った。国政と次郎と聖良は、皿に手をのばし、はふはふ言いながら餅を食べた。なるほど、チーズを載せると、なかなかうまい。国政は思った。しかし、こんな手抜きの昼食で、次郎くんに不満はないのだろうか。

次郎はむろん、なんの不満もなさそうに餅を食《は》んでいる。

清子は、ダイニングテーブルのぶんとはべつに、チーズ餅を四つ載せた皿を手にしてソファへ戻った。箱根駅伝観戦を続行しつつ、清子と蕗代は餅をつまむ。

全員が食べ終えたころ、蕗代がついに、

「それで？」

と言った。同じ空間に国政がいることに耐えられないので、早く片をつけたい、という雰囲気を全身から醸しだしていた。

「なんでお父さん、うちに来たの」

「いや、みんな元気でやっているかなと思って」

「やってるよ。見ればわかったと思うけど。ほかの用は？」

「いや、特に」

「じゃ、帰って。輝禎さん、悪いけど父を駅まで送ってあげて」

ひさびさに会った父親に対して、なんという言いぐさだ。国政は激昂し、

「蕗代！」

と怒鳴った。しかし、怒りのあまり舌がもつれ、実際には「ふによ！」になってしまった。

「なによ」

と、蕗代はふてぶてしい表情で返してきた。子どものころは、国政が叱るとおとなしくなったものだが、いまは父親の威厳もまったく通用しないようだ。なにと問われ、「なんだったっけ」と国政はややひるんだが、咳払いをして気持ちを落ち着かせる。

「お母さんが、ずっとおまえたちの家に居座っているだろう。それについては、どう考えているんだ」

「べつに、聖良の面倒を見てもらえるし、私もパートに出られるし、助かってるけど」

ね？　と蕗代は清子と顔を見合わせ、微笑みあった。次郎までもが、ダイニングテーブルでうなずいている。国政の形勢、きわめて不利だ。

「しかし」

それでも国政は反撃を試みた。「しかし、お母さんが長いあいだ留守にしているせいで、わたしは不便でならない。急にいなくなって、わけがわからないし……」

「お母さんは、お父さんの利便性のために存在するんじゃないでしょ」

と蕗代は言い、

「急じゃありませんよ」

と清子は澄ました顔で言った。「家を出ることは以前から考えていたし、あなたにも話していたはずです」

「いつ！」

国政は叫んだ。そんな話を、清子とした記憶はなかった。清子はある日、「蕗代のところへ行きます」と告げたきり、帰ってこなくなってしまったのだ。数日のあいだ、孫の面倒でも見るつもりなのだろう、と国政は思っていたのに。

「まあまあ」

緊迫した空気に温風をそそぎこむように、次郎が両手をひらひらさせた。「僕たちは今日、こどもの国へ行く予定だったんですが、お義父さんも一緒にどうです」

こどもの国とは、なんだ。そこへ行くと童心に返り、老いた身でも憂さを忘れて身軽に駆けまわることができるのか。もしや、「童心に返ったはいいが、このさき永遠に成長することのない人々が住まう国、つまりは老人ホームですよ」といったような、悪意に満ちた比喩表現か。

俺をだまして老人ホームへ連れていこうという魂胆か。失敬な。老人になっても、日々、精神は成長できるし、若いものにひけを取らぬぐらい、いやそれ以上に、肉体も刻々と変化を見せるものだというのに。

もし行き先が老人ホームだったら、「余計なお世話だ」と、がつんと言ってやらねば。国政は固く決意し、次郎が運転する銀色の車に乗った。蕗代が助手席、国政と清子は聖良を挟んで後部座席に座った。あれほど箱根駅伝に固執しているように見えたのに、清子と蕗代があっさりテレビを消したのは驚きだった。聖良ははしゃいでいる。

どうやら、家のなかで国政をできるだけ無視すべく、清子と蕗代はテレビに救いを求めていたようなのだった。

この気まずい雰囲気を払拭《ふっしょく》するほど、こどもの国とやらはいい場所なのか。国政はやや期待を抱いていたのだが、二十分ほどで到着したのは、小山のあいだにある、起伏に富んだだだっぴろい公園だった。サイクリングコースやら花壇やらアイススケート場やら牧場やらが、敷地内に点在している。

老人ホームでなくてよかったが、なんの変哲もない憩いの場である。ゲートをくぐってすぐ、聖良は両親と手をつなぎ、牧場のほうへ歩いていってしまった。国政と清子は、端《はた》から見たら他人なのか夫婦なのか判断がつかない微妙な距離を置いて、娘一家のあとをついていった。

途中で、「こどもの国の由来」という立て看板があり、ざっと目を通した国政は、ここが第二次世界大戦中に陸軍の弾薬庫として使われていた場所だったと知った。

ひとを殺すための弾丸やらなんやらを置いていたところで、いまは子どもたちが平和に遊ぶのか。

焼け野原になったかつてのY町、そこで源二郎《げんじろう》と生きて再会できた秋の日のことを思った。いまこの場で、国政が戦争の記憶を語りあえるのは清子だけだが、当の清子は冬枯れの枝を見上げ、バリアでも張ったみたいに超然としたたたずまいだ。だいたい、清子は終戦のとき六、七歳ぐらいだったはずだし、国政も空襲のない地方へ疎開《そかい》していたため、語るべき戦争の記憶は、実体験ではなく後付けのものであるようにも感じられてくるのだった。

国政は弾《はず》むような足取りの聖良を眺め、

「蕗代は、もう一人生むつもりはないのかな。そりゃあ年齢的に厳しいかもしれんが、せいちゃんも弟が欲しいだろう」

と言った。夫婦共通の会話といったら、もはや孫のことしかないように思われ、なにげなく発した言葉だった。しかしこれが、清子の逆鱗《げきりん》に触れたらしい。

「あなたはそうやって、いつもいつもデリカシーのないことばかり言って!」

清子は押し殺した声で鋭く言った。国政はびっくりし、やや離れて隣を歩いていた清子を見やった。清子の頰には赤みが差し、体は倍ぐらいに大きく見えた。それほど、清子の怒りは激しいようだった。最前、蕗代の家のリビングにいる清子をひさかたぶりに見たとき、「なんだか老けて縮んだなあ」と、国政は少々心配していたのだが、元気を取り戻したようでよかった。と、喜んでいる場合ではない。

国政はあわてて、

「いや、すまない」

と謝った。「べつに、そういうつもりではなかったんだ」

「そういうって、どういうです」

清子は、冷たい怒りに燃えた目で国政を見た。「なにもわかってないくせに、適当に謝ってすませようとする」

見合いのときの、新婚時代の、奥ゆかしかった清子はいつ、どこへ消えてしまったのだろう。国政はため息を飲みこみ、沈黙を守った。なにか言えば、清子の怒りの炎に油を注ぐことになると、ここ数年のあいだにさすがに学んでいた。

「だいたい、『弟』ってなんです。蕗代が生むのは、男じゃないとだめなんですか。ええ、そうでしょうね。私も息子ができなかったせいで、ずいぶん責められましたもんね」

「俺はそんなこと、ちっとも責めてやしない」

早くも禁を破り、国政はつい反論してしまった。

「あなたのお父さまとお母さまが責めたんです！」

清子の怒りは天井知らずだった。過去にまで遡《さかのぼ》りだすとは、まずい展開になってきた、と国政ははらはらした。

「それについては以前も言ったと思うが、つらかったのなら、そのとき俺に言ってくれればよかったんだ」

「以前も言いましたが」

清子は歯が頑丈で、いまもほとんど自前の歯が残っているのだが、そのぶん歯ぎしりすると迫力がある。「私は何度も何度もあなたに言ったんです。お父さまとお母さまが『男の孫を』とせっついてくるのがつらい、なんとかしてほしいって。でもあなたは、『仕事が忙しい』とか『そんなものは笑って聞き流しておけばいいんだ』と言うばかりで、なにもしてくれなかったじゃありませんか」

だいいちですね、と清子はつづけた。この、「だいいちですね」が出ると、もはや国政は反論を挟む余地すら与えられず、清子のいつ果てるともしれぬ言いぶんを、ひたすら拝聴せねばならないのが常なのだった。

国政の母親が、いかに底意地悪く嫌味ったらしかったか。国政の父親が、家のことはなにひとつできないくせに要求ばかり多く、いかに男尊女卑的だったか。介護も家事も子育てもすべて自分一人でこなしたのに、そのあいだ国政が仕事を言い訳にいかに好き勝手をしていたか。つまるところ、国政は救いようがないほど気が利かず鈍感で思いやりのない人間であり、そんな男と何十年も一緒に暮らした自分はよく我慢したほうであり、出ていって当然だと娘たちも応援してくれているので、Y町の家に帰るつもりは金輪際ない、ということを、清子はとうとうと述べた。「あのときは、こうだった」「またべつのとき、あなたはこんな無神経なことを言った」と、時系列を無視して、あちこちの過去から具体例をいちいち引っ張りだしてくるので、清子の演説が終わるまで十五分はかかった。

話し終えた清子も肩で息をしていたが、聞くほうだって疲れる。国政は、葉を落としたケヤキの下にあるベンチへ、「座らないか」と清子を誘った。奔流のような言葉に改めて圧倒されていた。清子は本当に、いまみたいな内容のことを何度も何度も俺に訴えてきたのだろうか。だとしたら、俺の耳は相当聞こえが悪かったということだ。

両親を悪く言われて腹が立つし、国政自身にも言いぶんはあったが、それを口にしても状況は打開しなそうだ。清子をこれほど怒らせ、家出までさせてしまったのは、たしかに自分の不徳のいたすところであるとも思ったので、国政は膝に置いた自身の手を黙って眺めていた。隣に座った清子の呼吸も、しだいに落ち着いてきた。

「もう、戻ってくるつもりはないのか」

国政は声を絞りだすようにして尋ねた。

「ないです。せっかく来てくれたのに、申し訳ないですが」

清子はやけに他人行儀に答えた。

離婚したほうがいいか、とは聞けなかったし、清子も言いださなかった。国政は顔を上げた。聖良が次郎に抱えられ、牧場の柵越しに、放牧されている乳牛に草をやっていた。蕗代はにこやかに、そんな二人と乳牛を携帯電話についたカメラで撮っている。

「俺との結婚生活で、楽しいことはひとつもなかったのか」

「そりゃあ、あったでしょうねえ。でも」

と、清子は首を振った。「もう忘れてしまいました。これからは自分のしたいことだけをすると決めて、Y町を出たんです」

そう言われてしまえば、国政としても引きさがるほかない。清子が出ていってからの数年間、国政は意地もあって、迎えにいこうともしなかった。いざ腰を上げてみたはいいものの、ときすでに遅く、清子はいまや娘一家のもとで、新しい居場所を見いだしてしまっている。

なぜか『故郷《ふるさと》』のメロディーを奏でながら、ソフトクリーム販売車が園内の小道をやってきた。牧場で採れた牛乳を使って、ソフトクリームを作っているらしい。息が白くけぶるほど寒かったが、聖良はソフトクリームを食べたがった。蕗代がバッグから財布を出そうとするのを見て取って、国政は老骨に鞭打《むちう》って駆け寄り、代金を支払った。

ソフトクリームを、聖良にひとつ。もうひとつ買い、右手に持ってベンチへ戻る。

「食べるか」

と清子に差しだすも、首を振って断られた。国政は甘くて冷たいソフトクリームを舐《な》めた。

「うまいなあ。濃厚だ」

清子は黙っている。体が冷えてきて、膝ががくがく震えたが、国政は「うまい、うまい」と言いながら、コーンもあまさず食べた。口内がしびれ、しまいには味も温度もよくわからなくなった。清子にとっての楽しい思い出も、年月や国政の無神経によって、こうしてだんだん色あせ、無感覚な単なる記憶へと変化していってしまったのだろうかと想像した。

結局、こどもの国には一時間も滞在しなかった。寒さのせいでもあるし、国政と清子のあいだに話すべきことがなくなったせいでもある。そのまま次郎の運転する車で、娘一家の最寄り駅まで送ってもらった。

蕗代だけが国政と一緒に車を降り、改札口までついてくる。

「お母さん、なんて？」

「Y町へは帰らないそうだ」

「やっぱりね」

「迷惑になっていないか。じろ……じゃない、輝禎くんは、なんと言ってる」

「べつに、なにも。仲良くやってるよ」

「生活費は足りているのか」

清子は別居以来、国政と共用していた口座から、毎月五万円をカードで引きだしている。国政は通帳で残額をチェックし、退職金やら年金やらを、少しずつ共用口座へ移すようにしている。

「大丈夫。うちは子どもが一人だし、だんなも、亡くなったご両親のかわりに、お母さんに親孝行したいって言ってくれてるし」

国政は働いて家族を養っていることを誇りにしてきたのだが、金銭面でもすでに頼りにされなくなったようだ。むなしかった。

「俺はそんなに、よくない父親だったのか？」

弱っているところを娘に見せたくなかったが、聞かずにはいられなかった。蕗代は、「さあ」と首をかしげた。

「お父さん以外の父親を知らないから。でも、私も光江も、『源さんちの子だったらなあ』って、よく話してた。源さんなら、いつも家にいるし、楽しかっただろうねって」

また、源のやつか。あいつの評価ばかりが、なぜ高い。国政はいらいらし、大変傷つきもした。

「だが、あいつははちゃめちゃだぞ」

「そうかも」

蕗代は少し笑った。「じゃあ、気をつけてね」

蕗代は振り返らずに車へ戻っていった。車内では次郎が、後部座席にいる聖良と清子になにか言っている。蕗代が助手席に収まると、家族の笑顔を乗せ、銀色の車は走り去っていった。にこにこしているだけの次郎のことを、ものたりないやつだと思ってきたが。一人になった国政は、だれ憚《はばか》ることなく大きなため息をついた。いま流行《はやり》なのは、ばりばり働く男ではなく、家庭を大事にする男のようだ。自分がまちがっていたとはどうしても思えないが、こうして妻にも娘にも背を向けられてしまったからには、ものたりない男は俺だったということなのだろう。

国政は券売機のうえに掲げられた路線図を眺め、田園都市線が半蔵門線に乗り入れていることを再度確認した。苦労して目の焦点を合わせ、自宅近くの駅までの運賃を読み取る。

再び電車に揺られ、国政は長い時間をかけてY町へと運ばれていった。

だれもいない家へ帰る気になれず、国政の足は自然と、三丁目の角にある源二郎宅へ向かった。幼なじみが近所にいるもんだから、甘え根性が抜けず、俺は自分の家庭の操縦もうまくできなかったのかもしれないな。国政はひそかに源二郎に責任転嫁する。

源二郎の家のまえで、商店街のほうから歩いてきた徹平《てっぺい》とマミに行きあった。二人は道祖神《どうそじん》のように体をくっつけ、寒さも他人も入りこむ余地のない恋人空間を現出せしめていたが、国政に気づくと笑顔で手を振った。

「有田さん、奥さん帰ってきてくれたっすか」

徹平が無邪気な問いを放ったとたん、その脇腹にマミの肘鉄が入った。ぐふぅ、と徹平は体を「く」の字にして苦しんでいる。マミから同情の眼差しを注がれながら、国政は源二郎の家へ入った。マミと、マミに支えられた徹平がつづく。

「よう、政。首尾は……、聞かなくてもわかるってもんだな」

国政の表情や顔色を見て、源二郎は察するところがあったのだろう。正月特番を映しだしていたテレビを消し、「まあ座れや」と、茶の間へ上がるよううながした。

マミがお茶をいれてくれようとしたのだが、「こういうときぁ、酒にかぎる」という源二郎の宣言によって、日も暮れきらぬうちから酒盛りとあいなった。徹平がリスみたいに台所に溜めこんでいた駄菓子類をつまみに、一同は卓袱台《ちゃぶだい》を囲んでコップを傾けた。

「で？　かみさんはなんて」

「戻らないそうだ。娘にも、『源さんが父親だったらよかった』と言われたよ」

「おきゃあがれ。そんなたわごと真に受けてすごすご帰ってきたのか、てめえは。女房の頰ぐらい、ひとつふたつ張って連れ戻しゃあいいんだ」

「ジュリーみたい」

とマミがうっとりし、

「え、だれっすか？」

と徹平が首をかしげた。

「威勢のいいことを言っているが」

国政は眉間を揉んだ。「源、おまえは花枝《はなえ》さんをぶったことがあるのか」

「バカ野郎！　そんなことしたら、俺が血ぃ見るだろうが」

勇ましいのは口だけで、源二郎も国政同様、妻に対してはてんで弱腰外交だったのだ。

国政は、妻や娘とのやりとりをかいつまんで伝えた。源二郎は、「ふうむ、そりゃ連れ戻すのは難儀だな」と腕組みし、徹平は、「もういいじゃないすか、一人暮らしで！」と明るく言い、マミは、「あたしは有田さんみたいなお父さん、好きですよ」と励ましてくれた。

「お世辞はいいんだ」

国政が力なく首を振ると、

「そんなことないですって！」

と、マミは卓袱台に身を乗りだす。「あたしの父親、大工の棟梁《とうりよう》なんですけど、超凶暴なんだから。ね、徹平ちゃん」

「うん。十日間なにも食べてない虎みたいに凶暴だ」

「しかも、超気まぐれ。ね、徹平ちゃん」

「うん。十日ぶりに牛を仕留めたんだけど、食べはじめてすぐ、『やっぱ豚食いてえ！』って言いだす虎みたいに気まぐれだ」

徹平のたとえがよくわからないが、なかなかすごそうな父親だ。国政はそう思い、マミが駄目押しに、

「だから、有田さんみたいに穏やかで知性的なお父さんって、あこがれですよー」

と賞賛してくれたので、まんざらでもない気持ちになった。

「知性があるはずなのに、てめえの女房一人、口説き落とせずにいるけどな」

源二郎がそう混ぜかえしたせいで、うれしさもすぐにしぼんでしまったが。

「でも、有田さんは何十年も、飽きるほど夫婦生活をしたんすから、いいじゃないすか」

徹平が自分のコップに酒をつぎたしながら言った。徹平くんが言うと、なんだかいかがわしい響きがするな、と思いながら、国政もおかわりをもらった。

「俺とマミさんなんて、スタートにも立ててないんすよ」

「しかし、徹平くんが独り立ちするまで、結婚はしばらく待つんじゃなかったかい」

国政は尋ねた。内心では、半同棲状態で夫婦同然なんだから、結婚が何年のびようとかまわないじゃないか、と思っていた。

「それがねえ」

マミが肩を落とす。「あんなに結婚に反対してたくせに、いまになってうちの父が、『ハンパなことしやがって、うちの娘を行き遅れにするつもりか、バーローめ！　ぐずぐずしてねえで一緒になるならさっさとなりやがれっ』て、怒ってしまって。なにしろ気が変わりやすい父なんで。急ですけど明日、徹平ちゃんのご両親と、うちの両親とで、上野でご飯を食べることになったんです」

「両家の顔合わせってやつか」

源二郎が顎を掻いた。「よくそこまで漕ぎつけたなあ。徹平の親だって、結婚に反対だっただろ？」

「いまも反対っす」

徹平は身を小さくし、卓袱台を指さきでこねくりまわした。「実はうちの親、明日は俺がごちそうする家族だけの食事会だと思ってるっす」

「なんだと⁉」

「それはまずいんじゃないか、徹平くん」

源二郎と国政が大声を出したので、徹平はますます小さくなってしまった。

「そうとでも言わなきゃ、話が進まないっすもん」

しかし、飢えて気まぐれな虎のように凶暴なマミの父親と、イチブジョージョー企業勤務のエリートである徹平の父親が出くわしたら、それこそ血を見ることになるのではないか。

国政は源二郎と顔を見合わせた。

「もうちょっと穏便にことを運べなかったのかい」

「明日、腹痛《はらいた》とか歯痛《はいた》とか適当に言って、キャンセルすることはできねえのか」

だが、徹平は決然とした態度で、「いいえ」と言った。

「俺、うちの親と戦うっす。そんでマミさんのお父さんにも、『漢《おとこ》だ』って認めてもらうっす」

「徹平ちゃん……」

「マミさん……」

恋人たちは見つめあった。

「ちゃんと結婚して、幸せな家庭を築くっすよ！」

「うれしい、徹平ちゃん！」

「おまえら、政という悪しき前例がここにいるのに、よく結婚とか幸せな家庭とかに希望を持てるなあ」

源二郎はあきれたように言い、麩菓子《ふがし》を荒々しく嚙み崩した。

「べつに、俺だって幸せだったさ」

国政はむっとして反論した。「晩年が近づくにつれ、ボタンのかけちがいが大きくなったというだけだ」

「最悪じゃねえか。早くボタンを留め直せよ」

「老眼で、気づいたら手もとがよく見えなくなっていたんだ！」

「徹平ちゃん、あたしもう充分幸せだよぅ」

「まだまだっすよ、マミさん。俺たち、もっともーっと幸せになるっす!」

全員が酔っぱらっていたのだと気づいたのは、翌朝、茶の間で雑魚寝《ざこね》から目覚めたときだった。

国政は、「いたた」と腰をさすりながら身を起こした。畳で寝たのは無謀だった。かろうじて毛布だけはかぶっていたが、明け方の厳しい冷えこみは防ぎきれなかったようだ。徹平とマミはひとつの毛布にくるまり、源二郎の高いびきにも動じることなく、安らかな寝顔を見せていた。

俺ときたら、いい年をして酔いつぶれてしまうなんて。国政は気恥ずかしくなり、毛布を畳んで、源二郎の家をそっと出た。

正月三日も快晴。ちょうど朝日が、Y町の家々の屋根を照らしだしたところだった。

一人の夜を過ごさずにすんだこと、愚痴を言い、酒を飲み、一緒に眠れる幼なじみと若い友人がいることを、国政はなにものかに感謝した。

夫や父親としては落第の自分でも、源二郎や徹平やマミに対しては、まだ少しは役に立てることもあるかもしれない。かれらも、国政に対する期待や希望を抱いてくれているのかもしれない。

俺はまだ、どこかにつながっている。だれかに求められている。

国政はそう思い、心強さを感じた。

国政が頭痛とめまいとむかつきに苦悶したのと同様、徹平とマミも二日酔いになったにちがいない。騙し討ち的両家の顔合わせはどうなっただろうと、国政は気を揉みながら自宅で一日を過ごした。源二郎の家へ様子を尋ねにいきたいところだが、連日のように顔を出したら、「さびしいのか、政。ん?」などと、源二郎ににやにやされそうで業腹《ごうはら》だ。

年末に買った時代小説を読みつつ、冷凍しておいたアジのひらきを焼き、芋焼酎で晩酌としゃれこんだ。一人でもなんの問題もなく生活できるのに、なぜ妻に会いにいってしまったのだろうと、ちょっと悔しいような気がした。

アジをたいらげ、締めに梅茶漬けをすすり、そろそろ風呂に入って寝ようかと思ったとき、電話が鳴った。時計を見たら、九時になんなんとするところだ。

もしや清子が改心して、家に戻る気になったのか。国政は速くなった鼓動を持てあまし、できるだけ低く渋い声で、

「はい、有田です」

と電話に出た。

「すみません、有田さん。もう寝てたっすか?」

受話器の向こうから徹平の声がした。なんだ、とがっかりする。徹平は動転しているようで、名乗ることすら忘れ、一方的にまくしたてた。

「あのあの、困ったことになったっす。有田さんに、仲人《なこうど》をお願いしたいっす!」

徹平が困ることと、国政に仲人を頼むこととに、いったいどんな関連性があるのか。

「落ち着いてくれ、徹平くん。なにがあったんだ？」

「いやもうとにかく、有田さんが仲人してくれないと、俺はマミさんと結婚できないっす。お願いします！」

「よくわからないが、それは無理だよ。わたしが妻と不仲で、別居していることは知っているだろう。妻に仲人を頼んで了承を得るなど、不可能だ」

「でも、師匠に頼もうにも、奥さんは亡くなっちゃってるし。あの世から出席してもらうのに比べたら、有田さんの奥さんに頼んだほうが確実だと思うんすよ」

それはまあ、そうだろうけれど。国政は困ってしまい、

「とりあえず、詳しい話は明日聞こう。午前中に、源の家へ行くようにするから」

と提案した。

「はいっす。くれぐれもお願いしますっす」

電話を切り、国政はやれやれと首を振る。いつもに輪をかけて、徹平の話は要領を得ないままだったが、またも厄介事が降りかかってきそうな気配だけは、いやというほど感じ取れた。

翌日、ほとんどの店が通常営業をはじめ、商店街はふだんの活気を取り戻していた。正月気分はもう終わり。あわただしい日常が戻ってくる。

しかし、源二郎宅の茶の間だけは、葬式と日蝕が重なったように、どんよりした雰囲気が漂っていた。

「というわけで、なしくずしに顔合わせになっちゃったことに、親父がものすごく腹を立てて……」

徹平がかき消えそうな声で事情を説明する。マミは美容院へ出勤したため、本日の会合は欠席している。

『もう好きにしろ。式と披露宴には出席してやるが、俺に恥をかかせないような、きちんとした仲人を立てることが条件だ。もちろん、おまえが自分で探せ』って」

「それがどうして、わたしなんだ」

国政は口を挟んだ。「ずっとまえに定年になって、再就職した関連企業もとっくに辞めて、無職だよ、わたしは」

「でも、銀行に勤めてたんすよね?」

徹平はすがるような目で国政を見た。「俺のまわりでまともな大人って、有田さんしかいないんすよ。友だちもほとんど元ヤンだし、仲人できるほど年いってないし」

「俺は政と同い年だし、モトヤンとやらでもねえぜ」

源二郎がうなるように言った。かわいい弟子に、それとなく「まともじゃない大人」認定され、ご機嫌ななめになったらしい。

「仲人は基本、夫婦でするものだろう」

国政がたしなめると、源二郎は「ふん」と鼻を鳴らした。

「おまえんとこ、かみさん帰ってこねえじゃねえか。それだったら花枝の霊を降ろして、俺が仲人したほうがマシだ」

「花枝さんの霊を、だれに降ろすんだ」

「ビール瓶とか？」

「馬鹿はおいておこう」

国政は源二郎との無為な会話を切りあげ、徹平に向き直った。「いっそのこと、親御さんは呼ばず、親しい友だちだけで式をやったらどうだい」

「マミさんが悲しむっす。俺の両親にもちゃんと了解を得て、祝福してもらわなきゃ、結婚なんてできないって言ってるっすから」

「それもまあ、道理だな」

「頼みます、有田さん」

徹平は卓袱台を押しのけ、土下座せんばかりの勢いで言った。「奥さんに電話して、お願いしてみてもらえないすか」

「しかし、いま電話番号が手もとに……」

と言いかけた国政は、ズボンのポケットにメモが入ったままであることに気づいてしまった。どうせクリーニングに出すのなら、もうちょっと着てからにしようと、なんの気なしに背広のズボンを穿いてしまったのが敗因だ。

娘の家の電話番号が書かれたメモを、国政は渋々とポケットから取りだした。嘘やごまかしが苦手な自分がうらめしい。

「源、電話を借りるぞ」

「いくらでも。なんたって、俺の弟子の一大事だからな」

「お願いします、お願いします」

徹平は身をよじるようにして手を合わせている。

源二郎の好奇の眼差しと、結婚という徹平の人生の一大転機にかかわる責任を背負い、国政は電話のまえに正座した。呼吸を整えて受話器を取り、メモに書かれた数字をひとつひとつ慎重に押していく。

呼びだし音が四回鳴って、

「はい、大原でございます」

と澄ましたような声が聞こえた。いきなり清子だ。どう切りだしたものか、冬だというのに背中にどっと汗をかいた。

「もしもし?」

不審そうに呼びかけられ、国政は唾を飲みこんだ。

「わたしだ。仲人をしてほしい」

「はあ?　あなた?」

「そうだ、わたしだ」

「なにかの詐欺かと思いましたよ。なんなんですか、急に。どなたのお仲人なの?」

「源二郎の弟子の、吉岡《よしおか》徹平くんだ。将来有望なつまみ簪職人で、美容師のマミさんと結婚したがっている」

「お断りします」

「なぜだ」

「銀行員時代のあなたの知りあいならまだしも、源二郎さんのお弟子さんだなんて。そんな大切なかたのお仲人を、別居中の私たちがしてどうするんです。縁起でもない。もっとふさわしいかたにお願いしていただいて」


けんもほろろとはこのことだ。源二郎の「ひるむな、もっと押せ」という視線、徹平の「ありたさぁーん」という視線を背中に浴び、国政は汗が冷え、胃が痛くなってきた。

家庭の操縦もうまくできなかった男に、なぜこんな過大な責任をおっかぶせるのかとわめきたかったが、生来の生真面目さが邪魔をして、国政は受話器を握ったままうめくしかなかった。

六

★ Y町の永遠

有田国政《ありたくにまさ》は額に薄く汗をかき、正座を崩さずに眼前の座卓を眺めていた。室温にあたためられ、ビールのジョッキも汗をかいている。

国政の隣では、吉岡徹平《よしおかてっぺい》もしゃちほこばって正座している。いつもはTシャツにジーンズといったラフな服装が多い徹平だが、今夜は白いシャツのうえに灰色のVネックのセーターを着ていた。国政は最前、徹平のセーターの脇腹部分に小さな虫食い穴を発見してしまったのだが、腕を上げないかぎり死角にあたるので、まあいいかと見ないふりをしている。

徹平のそのまた隣では、堀源二郎《ほりげんじろう》がどっかとあぐらをかき、ビールを飲んでいた。お通しの器も、すでにからである。源二郎は空腹らしく、一人で勝手にメニューを眺め、店員を呼ぶ隙をうかがっているもようだ。

この状況で、よく食欲があるな。国政はそっと視線を上げた。座卓を挟んで反対側には、マミとその父親が座っている。マミは視線で、「徹平ちゃん、がんばって」とエールを送る。緊張した徹平はうつむきがちなため、気づいていないが。マミの父親は、年のころは五十を少し過ぎたぐらいだろうか。マミとは似ていない四角い顔を、不機嫌そうに強張らせたまま黙りこくっている。

非常にいたたまれない。座卓は四人用のようで、長辺のひとつに国政、徹平、源二郎と大の男が三人も並ぶと、窮屈だ。国政はなるべく堂々と見えるよう背筋をのばしていたが、内心では早く退散したくてならなかった。しかし、気詰まりな会合はまだはじまったばかりなのだった。

なぜ俺は、居酒屋でマミさんの父親ににらまれなければならないんだろう。国政はひそかにため息をついたが、もちろん、現状を出来《しゅったい》せしめたのは自身の不徳のいたすところであるとわかっていた。

つまり国政は、徹平からの仲人《なこうど》の依頼を断りきれなかったのだ。しかもまずいことに、妻の清子《きよこ》を未だ説得できていない。このままでは国政一人で、徹平とマミの仲人をするという妙な事態になってしまう。

披露宴で、徹平とマミに挟まれて高砂《たかさご》に座る自分を想像し、国政は震えた。

本日は一応、マミの父親に仲人として紹介される席ということになっている。仲人とは本来、両家のあいだを取り持つ役割のはずで、国政がマミの父親に紹介されるのはおかしいのだが、形だけの仲人なのでしかたがない。マミの父親もそのあたりのことはわかっていて、値の張らぬ居酒屋に一人で出向いてきた。マミの母親は看護師をしており、今夜は夜勤なのだそうだ。

むろん、「仲人を立てるように」と言いだした徹平の父親とは、国政は会ってもいない。先方も会う気はないようだ。

国政の見るところ、徹平の父親はどうやら息子を試しているらしい。ちゃんと式と披露宴の準備をできるのか、マミと力を合わせて生きていく覚悟があるのか、と。

国政は気が重い。なぜ結婚式が、「若い二人の試練の場」的な様相を呈しているのか。なぜ試練の場に、自分が巻きこまれてしまっているのか。だいたい徹平も、父親の無茶な要求などはねのけて、式などやらずに入籍だけしてしまえばいいではないか。

しかし徹平は、むきになっているようだ。同時に、マミと一緒に式のあれこれを決めるのを楽しんでもいる様子だ。ラブバカップルな二人にとっては、互いの親の頑固さや横槍も、式場の予約をはじめとする煩雑なあれこれも、愛をよりいっそう燃え立たせるためのガソリンにすぎないのだった。ちなみに「ラブバカップル」という言葉は、源二郎が近所のスナックで聞き覚えてきた。それを教えてもらった国政は、「徹平くんとマミさんを、ここまで的確に表現できる言葉があるとは」といたく感心し、脳内の「若者言葉辞典」に書き加えた。

強引に仲人ということにされ、貧乏くじを引いたのは国政のみ。結婚式にまつわる騒動に、すっかり翻弄される羽目に陥《おちい》っている。

「……それで?」

マミの父親がようやく口を開いた。清澄白河《きよすみしらかわ》で大工をやっているというマミ父は、「職人気質《かたぎ》」を絵に描いたように愛想がない。とはいえ国政からしてみれば、息子と言ってもおかしくはない年齢だ。気圧《けお》されてなるものかと、腹に力をこめた。

その瞬間、源二郎が座卓に載っていた「店員呼びだしボタン」を押した。ぴんこーん、とは

なはだ気の抜ける音が店内に響き、

「ただいますぐに！」

という威勢のいい声とともに、若い店員が駆けてきた。

「あー、注文頼む」

源二郎はメニューを広げた。「生中のおかわりひとつ。大根サラダ。枝豆。きびなごの唐揚げ。おぼろ豆腐ももらおうか」

「ありがとうございます！　少々お待ちください！」

店員は勇んで厨房へ突進していった。

「なんか女子みたいなメニューっすね」

徹平が国政のほうに顔を向け、源二郎の選択を小声で評した。そんなことはどうでもいいんだ、と国政は思った。出鼻をくじかれた形のマミ父は、四角い壁みたいな顔を苛立《いらだ》ちで赤くし、殺人ビームのごとき眼光を徹平へと注いでいる。

国政は徹平を肘で小突いた。徹平ははっとし、視線をマミ父へ移す。

「お義父《とう》さん」

と、徹平は言った。「忙しいのに、今日はありがとうございますっす」

「だれがお義父さんだ、すっとぼけやがって」

マミ父は、手つかずのまま泡が消えてしまったビールをあおった。「おめえみたいなボンクラじゃ、いつまで経ってもマミと結婚まで漕ぎつけられねえだろ」

「お父さんたら、すぐそんなこと言って」

マミがのんびりと父を諫《いさ》めた。「ちゃんと準備が進んでるから、お父さんに報告しようと思って来てもらったんだよ。ね、徹平ちゃん」

「はいっす」

徹平は座卓に身を乗りだした。「実はですね」

「失礼しまーす！」

店員がやってきて、注文した品を座卓に並べだした。なんという間の悪さだ。

「こちら、きびなごの唐揚げと枝豆となっております！」

「なんで大根サラダとおぼろ豆腐よりも早く、火を使う料理のほうが来るんだ」

と、源二郎が疑問を呈した。

「チンなんっすよ、師匠」

と、徹平が朗らかに推測を述べた。胃が痛くなってきた国政は、

「とりあえず、お話は注文の品がそろってからということで」

とマミ父に提案する。一同のあいだに、またも沈黙が漂った。源二郎だけが、きびなごと枝豆を盛大に食べている。

やがて大根サラダとおぼろ豆腐も運ばれてきた。がっつく源二郎を放って、会話が再開された。

「実はっすね、お義父さん」

「だから、だれがお義父さんだってんだ、こんこんちきめが」

「お父さんたら、それ言ってると話が進まないでしょ。ね？」

「結婚式の日程が決まったんすよ」

「え、いつだい？」

国政は思わず口を挟んでしまった。

「四月の二週目の火曜日、昼からっす。マミさんの定休日だから」

「聞いてねえぞ、おい」

源二郎がきびなごの唐揚げをかじりながら言った。

「師匠、なんか予定あるっすか」

「ないけどよ」

「しかし、日も迫っているのに、よく式場が取れたね」

と、国政は言った。娘たちが結婚するときも、半年以上まえから予約をした、と聞いた気がする。徹平とマミが、結婚へ向けてなしくずし的に動きだしたのは正月だったはずだ。それから一カ月と経たないのに、ずいぶん急な展開だ。

「Yホテルなんですよ」

マミがY町にある小さなホテルの名を挙げた。「あたしが勤めてる美容院が、結婚式のヘアメイクで取り引きがあって。それでいろいろ融通を利かせてもらったんです。当日、仏滅ですしね」

「なんだって？」

マミ父が、箸で口へ運ぼうとしていた豆腐を座卓へ取り落とした。「仏滅に結婚式なんざ、縁起でもねえ」

「大丈夫よー。いまはけっこう多いんだよ。料金もお得だから」

「そういうわけで、空けておいてくださいっす」

徹平は頭を下げた。「招待状も、もうすぐ発送するっす」

マミ父は不満そうだったが、

「ところで」

と視線を国政に向けてきた。「こちらのおひとは？」

「有田国政さんっす」

「あたしたちのお仲人をしてくださるの。お父さん、ご挨拶して」

「仲人ってのは、夫婦でするもんだろ」

マミ父の怪訝《けげん》そうな視線が、源二郎へと移った。まずありえないことではあるが、源二郎を連れあいだと思われてはたまらない。国政は急いで、

「妻は本日、ちょっと急用が入ってしまいまして。まことに申し訳ありません」

と弁解した。

「有田さんは、ずっと銀行にお勤めだったのよ」

「ちゃんとしたひとっすから」

マミと徹平のフォローを受け、

「じゃ、こっちのひとは？」

と、マミ父は源二郎の素性を尋ねた。

そっちのひとは、ちゃんとしていません。国政はそう言いたかった。なにしろ源二郎は、きびなごを食べつくしたいま、大根サラダを大胆に吸いこんでいるのだから。おまけに、わずかに残った頭髪を青く染めている。尋常な風体ではない。

「俺の師匠っす。つまみ簪《かんざし》づくりの腕前では日本一、いや、世界一っす！」

それ以外のことに関しては、破滅的にめちゃくちゃだがな。と国政は内心で吐息した。

「なるほど」

源二郎も職人だと判明したためか、マミ父はなんとか納得してくれたようだ。「娘のことで、お二人にはいろいろとお世話をおかけします」

マミ父があぐらを解き、正座してお辞儀をするので、国政は少々うしろめたく感じた。「こちらこそ」と、米粒をついばむ鳥かなにかのように頭を下げあう。源二郎はもちろん、そこには加わらない。白糸の滝のように唇からぶらさがっていた大根を飲みこみ、

「しかしよう」

と、話を混ぜかえす。「政のかみさんは、式の当日も急用ができるかもしれねえぜ」

国政は源二郎を小突いてやりたかったが、徹平が邪魔で果たせない。

「そりゃまた、なぜです」

マミ父に問われ、きわめて困惑した。代わって徹平が、

「えーと、っすね」

と意味なく両手を動かす。「有田さんの奥さんは、ちょっと病弱なんっす。でも、あったかくなったら大丈夫っすから」

清子は風邪ひとつ引かない、頑丈な女だが。そう思いつつも、国政は無難にうなずいておいた。徹平の両腕が上がったせいで、セーターの穴が見えてしまっている。マミ父の目に触れてはいけない。国政は指さきで、なるべくさりげなく穴を隠した。

しかし残念ながら、その動作はおおいに目立ったようだ。なにかのスイッチでもあるかのように、国政が急に徹平の脇腹を押したものだから、徹平本人もマミ父もびっくりしている。

「いや、その……」

穴が、とも言えず、国政は指のやり場に困った。ぴんこーん、と、またもまぬけな合図が響く。

「ただいますぐに！」

やってきた店員に、

「すまん、まちがって押しちまった」

と源二郎が言った。「ついでだから、なんか頼むか」

締めとして、海鮮かたやきそばとカニ雑炊を注文した。締めだったのは源二郎だけで、ほかの四名は実質的に、やっと食事に取りかかったことになる。

あいかわらず沈黙が座卓を支配しがちではあったが、当初の緊張感はやや薄れていた。徹平とマミは、いつもながら仲良く、やきそばと雑炊を互いの器に取りあっている。マミ父も毒気を抜かれたのかもしれない。

会計をだれが持つかで、一悶着あった。結局、徹平がレジのまえに立った。遠慮する徹平に、源二郎がこっそり一万円札を渡したのを、国政は見逃さなかった。マミ父のまえで、徹平が恥をかかないようにという心づかいだろう。たまには師匠らしいことをするじゃないかと、少し源二郎を見直した。

マミ父は清澄白河へ帰っていった。マミも今日は実家へ行くという。アパートへ帰る徹平と別れ、国政と源二郎はY町の路地をたどった。

「おまえ、どうして今日、ついてきたんだ」

気疲れが肉体的な疲労となり、国政の歩みは遅くなりがちだ。

「どうしてって、飯を食いたかったから」

国政の歩調に合わせつつ、源二郎はのんびり夜空を見上げる。月は見えない。二人の吐く白い息が、街灯の明かりのもとを流れていった。

「政、ちゃんとかみさんを説得できるのか？」

「四月だものな。明日から本格的に説き伏せるさ」

「説き伏せられっぱなしのくせによう」

源二郎は笑った。「ま、いざとなったら『急病です』と言えばいいやな」

「そうもいかんだろう」

「徹平のやつ、張り切ってるぜ」

源二郎が、寒さで赤くなった鼻をこすった。「当日マミちゃんが使う髪飾りを、つまみ簪で作るんだと」

「和装なのか」

「うんにゃ、ドレスらしい。ま、徹平なら、洋装にも合うもんを作れるだろ」

なんだかんだで、源二郎は徹平の腕とセンスを買っている。

「楽しみだな」

と国政は言った。妻にも娘にも疎《うと》んじられているというのに、孫のような年齢の青年と知りあい、彼の結婚式にまでかかわれるようになるとは、予想もしていなかった。それもこれも、源二郎と幼なじみだったおかげだ。

源二郎の下駄の音が、夜のY町に静かに響いていた。


国政はさっそく、妻の清子を説得する作戦に出た。

電話をしても、「うー」とか「あー」とか言っているうちに、「仲人ならしませんから」と断られてしまう。そこで、葉書を毎日書き送ることにした。

最初のうちは、当たり障りのない時候の挨拶とともに、「仲人の件、再考願う」としたためていたのだが、あまりにも芸がないうえに飽きが来る。受け取る清子としても、つまらないだろう。

そこで国政は、徹平とマミがいかにいい子か、これまであったさまざまなことを、少しずつ書いてみようと思いついた。

昔の悪い仲間に、徹平がボコボコにされたこと。国政と源二郎が協力して徹平の仇《かたき》を討ち、そいつらをY町から撃退したこと。マミは腕のいい美容師だが、源二郎の髪の毛を妙な色に染めるのが玉に瑕《きず》であること。国政が腰を痛めたときには、徹平がとても心配してくれたこと。

書きはじめると、小さな葉書にはとても収まりきらない。国政は末尾に「つづく」と記し、葉書何枚にもわたってあれこれ書いた。

清子からの返事はなかったが、気にしないことにした。

時間だけは常に持てあましている。葉書を書くという新しい日課は、国政の生活に刺激をもたらした。

なにを書けばいいか、思いつかない日もある。そんなときは、気分転換に商店街へ出向いた。行きつけの本屋で「手紙の書きかた」のコーナーを眺めていて、「絵手紙」というものがあることを知った。花などをスケッチして、そこに一筆添えるようだ。

国政は魚屋で買ったアジを葉書に描いてみた。絵心がないので煮干しみたいになってしまったが、まあいい。押入の奥に眠っていた、ちびた色鉛筆を引っ張りだし、彩色してみた。色とりどりのカビが生えた煮干しみたいになってしまったが、まあいい。「今夜はこれを食べる」と魚の横に書いた。少し考え、「アジ」と説明を加えた。

ほのぼのと絵ばかり描いていたわけではない。説得工作もぬかりなく行った。

あるときは、葉書に迷路を書いた。スタートからゴールまでたどると、「仲人」と読めなくもない軌跡が浮かびあがる仕掛けだ。ああでもないこうでもないと迷路を作製するだけで、丸一日つぶれた。

またあるときは、週刊誌のクイズコーナーを縮小コピーして貼りつけた。たまたま、解答が「なこうど」になるクロスワードパズルが掲載されていたのである。縮小コピーすると、問題文の文字がつぶれて読めないので、パズルのマス目をすべて埋め、正答がちゃんとわかる形でポストに投函した。ちょっと脅迫状じみているかな、と心配になった。

あいかわらず、清子はなにも言ってこなかった。

狭い庭に生えている木や、清子が使っていた花瓶、家の裏手を流れる水路なども、葉書にスケッチしては送った。そのうち、思いは清子と暮らした日々へと飛んだ。国政はぎこちないながらも、心情を葉書にしたためるようになった。

「貴女《あなた》と結婚して、子供も生まれて、貴女は不幸せだったかもしれないが、小生は充実を感じていたのです。労働にあたる活力を、貴女たちのおかげで得ることができた。仲人お願いします」

「いま思えば、貴女の気持ちに気づけなかったのは、まったく鈍感であり怠慢であった。小生は昔から、源二郎にもトーヘンボクと言われてきた。それに甘んじるばかりで、自身を改革しようとしなかったことは、認めます。仲人頼む」

「若い二人を見ていると、自身が若かったころを思い出します。あのころの情熱はどこへ行ったのかと、呆然とする思い。小生ももう長くないから、最後の頼みと思って仲人をしてほしい。小生への不満によって、若い二人の前途まで閉ざしてしまうような態度は、いかがなものだろうか」

「昨日はちょっと言葉が過ぎた。貴女を責めたり脅したりするつもりはなかった。ただ、結婚式という場を借りて、貴女とゆっくり語りあえるかと、少々期待してもいるのです。仲人と言っても堅苦しいものでは決してない」

たまに、三丁目の角にある源二郎の家を覗いた。源二郎と徹平は、真剣な顔で作業台に向かっていた。徹平はふだんの修業に加え、マミのための髪飾りも作らなければならない。自作のアクセサリーを、マミが勤める美容院で売ってもらえるようになったとも聞いた。仕事の邪魔をするのも忍びないと思い、声はかけずに通りすぎた。

そろそろ三月になろうかという、冷えこみの厳しい日のことだ。

持病の腰痛が出て、国政はかかりつけの病院で湿布《しっぷ》をもらった。帰り道、荒川の土手を慎重に歩いていると、河原で源二郎が糊《のり》ひきをしていた。つまみ簪に使う羽二重《はぶたえ》に、張りを与えるための作業だ。

「源」

声をかけると、源二郎は国政を見上げて手を振った。国政は足もとに気をつけながら、冬枯れの土手を下りた。

「徹平くんは?」

「マミちゃんと式場へ行った。打ちあわせだってよ」

そういえば、今日は火曜日だったな。国政は手ごろな石のうえに腰を下ろした。手袋をしなければ指がかじかむ寒さだ。しかし源二郎はジャンパーすら着ないで、河原に立てた支柱にせっせと羽二重を広げている。ピンと張った羽二重に、薄く糊を塗る刷毛《はけ》さばきは見事なものだ。

羽二重は桜の花のように淡い色をしていた。

「ずいぶんきれいな色に染めたな」

「いいだろ? マミちゃんと相談して、披露宴のテーブルに飾る花を、つまみの技法で作ることにしたんだ」

「へえ、それはいい」

「徹平には内緒だぞ」

遠い昔に畑のスイカを盗んだときと同じように、源二郎はいたずらっぽい笑顔になった。

「テーブルに飾ったあとは、分解して招待客に持ち帰ってもらえるようにするつもりだ」

徹平も客も喜ぶだろう。無芸無才の我が身が不甲斐なく感じられた。披露宴の余興で百万円の束をものすごく速く数えても、べつにだれも喜ばない。

砂利の運搬船だろうか、平べったい船が目のまえを横切り、海のほうへ向かっていく。

「かみさん、なんて言ってる」

源二郎に問われ、国政は力なく首を振った。

「葉書を毎日送っているんだが、梨のつぶてだ」

「毎日？　そりゃすごいな」

「それぐらいしか、することもないから」

国政は、灰色に輝く冬の川を眺める。「最近の若者は堅実だ」

「堅実って、徹平のことか？」

「うん。彼はまだ、二十歳《はたち》そこそこだろう。俺はその年ごろで所帯を持つなど、考えていなかった気がする。ただ漠然と、いつかそうなるんだろうなと思っていただけで」

「夢見るお年ごろだったたってわけか」

源二郎は刷毛を持ったまま両肩をまわした。「俺は結婚したいと思ってたぜ」

そのわりには、遊びまわっていた気がするが。国政が内心でつぶやいた瞬間、

「いま、おまえがなにを考えたかわかったぞ」

と、源二郎がからかうように言った。「ま、家族がほしかったんだな。そうは見えなかったかもしれねえけど」

そうだな、と国政は思った。当時は気づけなかったが、いまになってみればわかる。源二郎はずっと、愛せる相手を求めていた。町内の顔見知りや、幼なじみの国政では、決して埋められないものを心に抱えて。

花枝《はなえ》と結婚して、源二郎はようやく安らげたのだろう。でも、いまは？

いまは、一人だ。心底から家族を欲していた源二郎も、なにかを激烈に欲することを知らぬまま家族を得た国政も。

国政がなにを考えているか、源二郎はまたも見抜いたらしい。しょうがないなというようにちょっと笑った。

「なにごとに関しても、『堅実』なんてことはありえねえよ。ゴールも正解もないからいいんじゃねえか」

「そうかな」

「そうさ」

源二郎は、桜色の羽二重が風になびくのを見やった。「だから生きるんだろ」

たしかに、そうかもしれない。国政は黙ってうなずいた。波のように、蛇《へび》の腹のように、うねる羽二重。

ゴールや正解がないから、終わりもない。幸せを求める気持ち。自分がしてきたこと。それらに思いを馳せては死ぬまでひたすら生きる、その時間を永遠というのかもしれない。そう思った。

糊ひきの作業を終えると、源二郎は羽二重を自分の船に運び入れ、ついでに国政も乗せてくれた。ポンポンとエンジンは軽快な音を立て、荒川からY町の細い水路に入る。

連なる家々の軒。洗濯物が吊されていたり、板塀に古い選挙ポスターが貼られていたりする。近所の住人が、たまに水辺の窓から会釈を寄越す。

永遠を過ごすには、Y町はいい場所だ。

「それでおまえ」

と、エンジンの脇に立つ源二郎が言った。「仲人の挨拶は考えたのか」

すっかり忘れていた。腰だけでなく胃まで痛みだした気がする。

「家へ帰るのはやめだ。本屋の近くに船をつけてくれ」

絵手紙の本を立ち読みしている場合ではなかった。ひさびさの大役に備え、最新の仲人知識を仕入れなければならない。


その晩、国政は『土壇場で困らない！　結婚式・披露宴のマナー』という本を熟読しつつ、夕飯にうどんを作って食べた。俺が結婚するみたいだなと、おかしかった。

清子への葉書も、欠かすことなく書いた。

「寒い日がつづくが、みんな元気か。今日、源二郎と荒川で永遠について話した。『あのとき、ああすれば』と、いろいろと悔いはあるが、そのほとんどが取り返しのつかないことばかりだ。残された時間のほうが少ないのだから、きみも好きに生きればいいと腹の底から納得した。別々に暮らしていても、きみや娘たちが幸せであるようにと、いつも願っている。それだけは本当だ。思えば、俺が本気で幸せを願う相手は、きわめて少ない。索漠とした人生だったことを露呈するようで恥ずかしいが、しかし、幸せを願う数少ない相手の一人がきみであることは、俺の幸せだ。風邪を引くな」

翌々日の午後、国政が総菜を買って帰ると、無人のはずの家にひとの気配がある。玄関のたたきには、外出したときと同様、隅に健康サンダルが一足置いてあるだけだ。

すわ、空き巣かと、国政は玄関に置いてある杖を手に取った。年寄りくさいので、ふだんは杖など使用しないようにしている。全体的に埃《ほこり》をかぶっていたが、ほかに武器になりそうなものがないのでしかたがない。

杖を手に、おそるおそる居間を覗く。台所に清子が立っていた。シンクに向かって、洗い物をしている。

「うわわわわ」

と国政は動転した。

「あら、おかえりなさい」

持参したらしいエプロンで手をぬぐいながら、清子は振り返った。笑顔でもないし怒ってもいない、いつもどおりの表情だ。まるで、家を出ていった事実などなく、国政とずっと生活をともにしていたと言わんばかりだ。

近づいてきた清子を頭のてっぺんから足のさきまで眺め、

「なんだ、幽霊かと思った」

と国政は杖を下ろした。

「なに言ってるんです。それはこっちのセリフですよ」

「というと？」

清子に目でうながされ、国政は食卓の椅子に座った。杖はひとまず、食卓に立てかけておく。

「変な葉書を送ってくるから、死ぬつもりなのかと思いました」

清子は手慣れた動作で湯飲みを戸棚から出し、二人ぶんの茶をいれた。

俺の率直な心情をつづったのに、変とはひどい。あれよりももっと変な葉書――絵やら迷路やらクロスワードパズルやら――を送ったと思うのだが、それらについては無視なのか。

それでも国政は、茶を飲みながらやにさがるのを抑えきれなかった。

「心配してくれたのか」

「しません」

清子はにべもない態度だ。「死なれちゃあ迷惑なので、ちょっと様子を見にきただけです」

なんという言いぐさだ。情というものがない。国政はむくれたのだが、つづく清子の言葉には快哉《かいさい》を叫んだ。

「それに、黒留袖《くろとめそで》に皺《しわ》が寄ったりカビが生えたりしていないか、確認しておかないと」

「仲人をしてくれるか！」

「しょうがないでしょう」

清子は湯飲みに視線を落とし、ため息をついた。「毎日葉書が来るから、蕗代《ふきよ》も輝禎《あきよし》さんも興味津々なんですよ」

「ありがとう、ありがとう。引き受けてくれるとなったら、葉書はもう送らないようにする」

「若いお二人のために、引き受けるんです。まったくあなたときたら、自分では尻ぬぐいできないくせに、すぐにいい顔をするんだから」

清子の小言も、今日ばかりは心地いい。

清子は二階に上がり、簞笥《たんす》から黒留袖と帯を出した。国政はうれしくて、清子についてまわった。清子はてきぱきと動いた。衣紋掛《えもんか》けに黒留袖を掛け、窓を開けて川からの風を当てる。黒留袖の裾には、青と銀で波の意匠があしらわれている。

清子は畳に座って帯を広げ、ほつれなどがないかチェックした。つづいて、小物をそろえたり、肌着や長襦袢《ながじゅばん》を準備したりした。

「あなたはなにを着るんですか」

「考えていなかったな。昼の式だと言っていた気がするから、モーニングだろうか」

清子は国政の黒いモーニングを簞笥から取りだし、窓辺に吊した。シャツもネクタイもポケットチーフも靴下までも、すべて見繕《みつくろ》ってくれた。いつも幼児なみに、妻におんぶに抱っこだった自分を、国政は改めて思い知らされた。

「あとは、靴をちゃんと磨くようにね」

と、清子は言った。「モーニングも、当日までここに干しておいたら、色があせちゃいますから。日が暮れるまえに簞笥に戻すこと」

「なんだ、泊まっていかないのか」

「帰りますよ」

その一言で、清子がもうこの家を「家」と認識していないのだとわかり、国政はさびしい気持ちになった。

夕方近くまで、清子は家のなかを掃除した。国政は掃除機に対して発情した犬みたいに、清子のあとをついてまわった。

「なんなんですか、もう」

清子は文句を言った。「座ってればいいのに、うるさったいわね」

そう言いつつ笑いをこらえるような表情だったので、国政はうれしくなって、なおいっそう掃除機に付き従った。

掃除を終えると、清子は黒留袖を衣紋掛けからはずし、丁寧に畳んで畳紙《たとうがみ》で包んだ。着物一式を、大きな段ボール箱に詰める。

「最近、自分で着付けをするのが骨なの。着付けの予約はこちらで入れておくから、式の前日までに届くように、会場へ送ってください」

「わかった」

国政はカレンダーに、「着物発送」と書きこんだ。清子が自分で着付けするとなったら、万が一にも遅刻しないよう、前夜からこの家に泊まる必要があるだろう。それを避けたいがために、「骨だ」などと年寄りぶったことを言うのではないかと、国政は邪推した。

清子も手帳に、式場の住所と入り時間を控えた。

「あら、仏滅」

「値段が安いんだそうだ」

「そうなの。まあ、好きあっていれば、仏滅だろうと大安だろうと、気にすることないわよね」

たしかに、俺たちは大安に式を挙げたのに、このざまだものな。国政はひがみっぽく考えた。

清子は下駄箱から靴を取りだして履いた。玄関を掃き清める際にしまったのだそうだ。なるほど、それで俺が帰宅したとき、「気配はすれども靴はなし」だったんだな、と国政は合点がいった。そんなことでも考えていないと、不覚にも泣きだしてしまいそうだった。帰らないでほしいと言いたかったが、プライドに邪魔をされ、無言で杖を傘立てに差す。

「なんて顔してるんです」

清子は振り返って国政を見、はじめて明確な笑みを浮かべた。

「べつに、いつもの顔だろう」

国政の髪の乱れを、清子が手をのべて直してくれた。

「私もね、願うのはいつもいつも、家族の幸せばかり」

そのなかに俺は入っているのか。入っているとしても、俺と一緒には暮らせないんだな。

さまざまな思いがよぎり、国政は黙って清子を見ていた。年齢相応に皺が刻まれた顔。見合いのときのふっくらした頬は、いまや当然しぼんでいたが、透きとおるような肌の色も、国政が心惹かれた小さな手も、なにも変わらないように思えた。いや、目に知性の深みが増したぶん、よりいっそう輝いて感じられる。妻はこんなにうつくしい女だったろうかと、後悔とも誇りともつかぬ気持ちが国政の胸に生じた。

「でも、お正月にも言ったとおり、これからはもう少し自分のことだけを考えていこうと思うの」

「きっと、できないよ」

国政は穏やかに言った。嫌味ではない。清子のように愛情深いひとは、自分のことだけを考えるなど、できないだろうと思った。

「そうかもしれませんね」

清子は少女みたいに清潔な笑みを見せた。「じゃあ、お式で。持ってきた煮物が冷蔵庫に入っているから、あたためて食べて」

「ああ。ありがとう。気をつけて」

路地を歩み去っていく清子の背中を、国政は門の外へ出て見送った。


結婚式の日、Y町は晴天だった。

国政は念入りにヒゲを剃り、モーニングを着て、磨いた靴を履いた。戸締まりをし、庭から裏手の水路に下りる。

ポンポンとエンジン音が近づき、源二郎の小船が姿を現した。

「よう、政。本日はお日柄もよく、だな」

今年は開花が遅く、どうしたことかと人々の気を揉ませた桜もちょうど満開になって、水面《みなも》にも源二郎の顔にも薄紅色《うすべにいろ》の影を落としている。源二郎は紋付き袴《はかま》をびしりと着こなし、なかなか風格ある姿だ。

その頭髪が、真緑でさえなかったら。

国政は日を弾《はじ》く源二郎の頭頂部から目をそらし、

「ああ。晴れてよかった」

と船に乗りこんだ。

迷路のような水路を、船はホテルへ向けてすべりだした。

「その髪は、やはりマミさんが染めたのか」

怖いのに幽霊を二度見してしまうように、国政はどうしても、源二郎の髪の毛に言及せずにはいられなかった。

「もちろん。なかなかいいだろ。二人の門出を祝し、萌えいずる新緑をイメージしてみた」

「萌えいずると言うほど、頭髪が残っていないじゃないか」

「うるせえな。萌えいずる新緑の合間から、お天道さまが顔を出したところだと思えよ」

なるほど、輝かしい。列席するじじいが緑色の髪をしていてもいいと花嫁が判断したのなら、もはや国政の出る幕ではない。国政は黙って、水路に張りだす桜のアーチを見上げた。

日の光が薄い花びらをすりぬけ、やわらかく降りそそぐ。春とはこんなにうつくしく穏やかなものだったろうか。

船を係留し、水路から道へ上がって、しばし歩く。行き交うひとがみな浮かれているように見えたが、その実、浮かれた気分なのは国政のほうなのだった。

「おい、源。大事な弟子の晴れの姿を見たら、おまえ泣くんじゃないか」

「ふん。政こそ、仲人の挨拶はちゃんと暗記できたのか」

そう言われると、とたんに不安になるのが国政だ。ゆうべ必死に頭に叩きこんだ文章を、まだぶつぶつとつぶやいてみる。

Yホテルは、外壁に蔦《つた》の這う、こぢんまりとした建物だ。ロビーのそこここで、徹平とマミの親戚や友人らしき人々が談笑していた。

「あなた」

声をかけられ振り返ると、黒留袖を着た清子が立っている。髪を結い、化粧もした清子は、背筋をのばして歩み寄ってきた。

「源二郎さん、おひさしぶりです」

「よう、元気そうだね」

「おかげさまで。うちのひとが、いろいろご迷惑をおかけしてますでしょう」

「うん、まあな。お守《も》りが大変だよ」

こっちのセリフである。国政は憤然とし、徹平の控え室へ向かった。清子と源二郎も、仲良く語らいながらついてくる。

新郎の控え室は、なにやら騒然としていた。ドア口から覗くと、見知らぬ中年の男女に対し、

「徹平ちゃんは、あたしが幸せにします!」

とマミが宣言したところだった。

マミはレースなどがついていない、シンプルなウェディングドレスを着ていた。ベールはかぶらず、小花が鞠《まり》のようになったつまみ簪を、結いあげた髪のうなじあたりに挿している。左耳のうえにも、同じような小花が咲いていたが、こちらはユキヤナギのように繊細に揺れるデザインだ。

徹平の渾身《こんしん》の作品に、国政は感嘆した。マミさんによく似合う。そしてまあ、マミさんのうつくしさといったら、どうだろう。日光を反射させるのみの、源二郎の頭頂部とはまるでちがう。体のなかから光が迸《ほとばし》っているかのごとくだ。

「どうか、徹平ちゃんを見守ってあげてください」

マミはそう言い、深々と頭を下げた。つまみ簪がマミの髪のうえで、清らかな星みたいに流れて光った。

徹平の両親なのだろう中年男女は、気圧されたようにうなずき、新郎新婦を置いて部屋から出ていく。会釈してすれちがったかれらを、国政は横目で観察した。徹平の父親は、額の汗を白いハンカチでぬぐっていた。母親のほうは、うれしそうな笑みを浮かべていた。どこの家庭も、事情は一緒らしい。夫は妻の尻に敷かれている。徹平の父親が、妻にせっつかれて息子に休戦を申し入れるのは、そう遠いことではなさそうだった。

徹平はマミの手を取り、父親を言い負かしてくれたことに感謝を捧げていたが、国政たちに気づくと、

「師匠！　有田さんも」

と走り寄ってきた。白いモーニングを着た徹平は、キャバレーの新米バンドマンのようである。

清子を徹平とマミに紹介し、「おめでとう」やら「ありがとうございます」やらがひとしきり交わされた。

「マミちゃん、どこの女優かと思うぐらい、きれいじゃねえか」

感嘆する源二郎に、

「あら、堀さんこそ、ヤクザの親分さんみたいですよー」

とマミは返した。緑色の髪をちょぼちょぼ生やした親分などいるものだろうか、と国政は思った。

新婦控え室でマミの両親にも挨拶した。緊張からか、万感胸に迫っているせいか、マミ父は顔合わせのとき以上に仏頂面だった。それを補うかのように、マミの母親は朗らかな人物で、国政たちに丁重に礼を述べた。

結婚式は、ホテルの庭にある小さな礼拝堂で執り行われた。披露宴に出席するのは、双方の親族や親しい友人など、三十名ほどらしいが、ほぼ全員が式にも参列した。礼拝堂は満員だ。平日なので、有給休暇を取ったひともいるのだろう。せっかくなら式に立ちあって二人を祝おうじゃないか、という意気込みが感じられた。

外国人の牧師が、わざとらしいほどたどたどしい日本語で結婚式のはじまりを告げた。牧師のまえに立つ徹平は、緊張の面持ちである。新郎新婦が経費節減に努めたのか、楽隊はいないようだ。ホテルの係員がパソコンを操作した。礼拝堂のスピーカーから、結婚行進曲が流れる。

参列者は、礼拝堂後方をいっせいに見た。新婦を迎えるためというよりは、扉の向こうから音楽をかき消すほど大きな、獣の咆哮《ほうこう》のごときものが聞こえたためである。はたして扉が開き、マミが入場してきた。足腰が立たないほど泣いているマミ父を、半ば引きずるようにしてバージンロードを進む。

国政は噴きだしそうになり、急いで拍手した。通路の反対側では、マミの美容院の同僚だろう、華やかに着飾った女性たちが、やはり笑いを嚙み殺す表情で拍手を送ったり、写真を撮ったりしていた。店長らしき中年女性は、髪を紫色に染めている。奇抜な染髪が、あの美容院の得意技なのか。

おんおん泣く父親を無理やり祭壇のまえまで引っ張っていき、マミは徹平と視線を交わして微笑みあった。マミ父はマミ母に引き取られ、うつむいて肩を震わせている。

「だれが結婚するのかわからないわね」

国政の隣で、清子がおもしろそうに囁いた。

徹平とマミは牧師の尋ねに、それぞれ「誓います」とはっきり答えた。指輪の交換は省略するようだ。マミは左手の薬指に、あらかじめ指輪をはめていた。以前に徹平が贈った鯛《たい》の指輪だ。ウェディングドレスには似合わぬユーモラスな鯛も、二人を祝福しているようだった。徹平はマミの手を優しく握り、唇にそっとキスをした。

愛する相手を見るとき、ひとはああいう目をするものなのか。国政は世紀の大発見をした科学者のように、しばしたたずんだ。では俺も、自分では気づかぬうちに、徹平くんと同じ目をしていたことがあるということか。

情熱と誠実を宿した目。

「行きましょうか」

と清子が言った。

新郎新婦はいつのまにか、礼拝堂からいなくなっていた。これまた経費節減のためか、ブーケトスもなかった。だいいち、マミはブーケを持っていなかった。ウェディングドレスを着ているのに、ベールもブーケも指輪交換もなしの花嫁を、国政ははじめて見た。

簡素な結婚式も悪くないものだな、と思った。

披露宴会場の準備ができるまで、日当たりのいい庭で待機した。飲み物が振る舞われる。招待客は、みなにこやかだ。マミ父が、親戚らしき老人にからかわれている。

清子はウィスキーの水割りが入ったグラスを手に、

「お料理、食べられるかしらねえ」

と言った。「お仲人って、ほとんどお皿に手をつけられないでしょう」

「たぶん、気のおけない披露宴になるだろうから、今回は食べられると思うが」

国政は仲人挨拶のことで頭がいっぱいだった。早く役目を果たし、無事に料理にありつきたいものだ。

礼拝堂では少し離れた席にいた源二郎が、ビールのグラスを片手に近づいてきた。

「徹平のやつ、びっくりするほど友だちが少ねえなあ。大丈夫なのか、あいつは」

「不良時代の仲間と手を切ったからだろう。いいことじゃないか」

徹平を擁護するつもりで、国政はそう答えたのだが、

「あなたったら。おめでたい席で、そんな昔のことをほじくり返さないであげなさいよ」

と清子に叱られた。

披露宴がまた、波瀾でいっぱいだった。

仲人挨拶に立った国政は、

「さきほど滞りなく、両家のご婚儀が整いましたことを、みなさまにご報告いたします」

と言おうとしたのだが、なぜかマミ父の「おんおん」が脳裏によみがえり、「両家のご恩義がててのいましたことを」などと、わけのわからぬ発言をしてしまった。あとはもう、動揺のあまり五体に滝のごとき汗を滴らせ、なんとか着席したときには疲労困憊《こんぱい》の体《てい》だった。

脱力する国政のまえで、披露宴はにぎにぎしく進行した。マミ父は酔いつぶれてテーブルにつっぷし、マミ母は甲斐甲斐しく各テーブルに挨拶してまわり、徹平の父親はあとで教育的訓示を垂れるつもりか、息子の一挙手一投足に目を光らせてなにやらメモをし、徹平の母親は源二郎の髪色にたじろぎながらも積極果敢に会話を試みていた。

その源二郎が、来賓スピーチの先頭を切った。

「徹平は手先も不器用だし、悪さしてたころの仲間にカツアゲされるしで、ほんとに不肖の弟

子でしてね。でもまあ、熱意だけはあるんで、つまみ簪ともども、今後もよろしく！　あ、みなさんのテーブルにある花は、俺がつまんだもんです。取れるようになってるから、持って帰ってください」

徹平は師匠の心づかいを知り、感激で潤んだ目を拳《こぶし》でぬぐっていたが、国政はそれどころではなく、「ハンカチを使え」と徹平にアドバイスすることも忘れた。源二郎が、

「じゃ、徹平とマミちゃんにこの歌を捧げます。長渕剛《ながぶちつよし》、『巡恋歌』！」

と、つづけたからだ。

な、なぜ、『乾杯』ではなく『巡恋歌』。披露宴にその歌はまずいだろう。国政は熱唱する源二郎をはらはらと見守った。源二郎の歌がまた、無駄にうまいのが癪《しゃく》である。

会場があたたまったところで、今度はマミの美容院の同僚五人が、スクール水着に長靴を履いて、ピンク・レディーの『ＵＦＯ』を歌い踊った。紫色の髪をした中年のご婦人が、水着でピンク・レディーとは、もうどこを見ればいいのかわからない。「地球の男にあきたところ」という歌詞も、場にふさわしくないのではと思われたが、列席者はやんやの喝采だ。国政は、この披露宴に常識的な展開を求めるのをやめにした。

あとはもう、勝手にどじょうすくいをはじめるものあり、詩吟をうなるものあり、会場の一角で『東京音頭』の輪を作るものありで、徹平とマミの結婚を披露する宴《うたげ》なのか列席者の隠し芸を披露する宴なのか、判別しがたい状態となった。徹平とマミは笑顔でぴったり寄り添い、会場じゅうをめぐって、宴を満喫する一人一人に挨拶をした。

披露宴の最後に、徹平とマミがマイクのまえに立った。徹平が内ポケットから巻紙を取りだす。勢いよく広げられた紙は、床にまで届いた。そんなに長いお礼の言葉を述べるのかと、国政は驚いた。

「いろいろ書いてきたんすけど」

と徹平は言った。「涙でかすんで読めないんで、変なこと言ったらすいません」

徹平ちゃん、大丈夫だから、というマミの声をマイクが拾った。なにかの謝罪会見で、こういうシーンがあったな、と国政は思った。

「さっき師匠が言ったとおり、俺は未熟もんです。でも、いいつまみ簪を作れるように、修業がんばります。マミさんも、もっともっとお客さんに喜んでもらえるよう、美容師がんばるって言ってます。どうかみなさま、ご指導ごびん……」

ご鞭撻《べんたつ》、とマミの囁きが再び会場に響きわたった。

「ごべんたつ、よろしくお願いしますっす。本日はありがとうございました！」

たどたどしいが真情にあふれた言葉に、盛大な拍手が起こった。徹平とマミは、そろって深々と頭を下げた。

よかった、なんとかお開きまで漕ぎつけた。国政はよろつきながら、列席者を見送るために出入り口へ移動した。

「ああ、楽しくていい披露宴だった」

と、清子が言った。「お料理もおいしかったですねえ」

気を揉みつづけた国政は、料理の味など、なにひとつ覚えていなかった。

「すごいな、清子」

感服して賛辞を送ると、

「そうでしょ」

清子はその日の空のようにすがすがしく笑った。「言い忘れてましたけど、たまには葉書を送ってくれてもいいんですよ」


来たときと同じように、国政と源二郎はホテルから水路までぶらぶら歩いた。引き出物の袋は、やけに重い。

「二人のネーム入りの皿が入ってんじゃねえだろうなあ」

源二郎がぼやいた。ホテルがわが気を利かせたのか、袋の一番うえには、テーブルに飾られていた花を分解した、つまみの小花が載っていた。幸せそのものの色をした、清楚な一輪の花。いつもながら、繊細な仕上がりだ。ザイルより頑丈な神経を持つ源二郎が作ったとは、にわかには信じがたい。

「で？　かみさんはどうした」

「娘夫婦の家に帰るそうだ」

「なさけねえ。やっぱり引きとめられなかったのか」

「いいんだ」

と、国政は言った。離れて暮らしていても、国政にとって大切な家族であることに変わりはない。それを確認できただけでよしとしよう。

風が吹き、どこからともなく無数の桜の花びらが舞い降りてきた。

「もう桜も終わりだな」

「また来年があるさ」

「来年の桜を見られるのか、俺たちは」

「さあなあ」

肩さきに落ちた花びらを、源二郎は鼻息で吹き飛ばす。「俺たちが見られなかったとしても、来年も再来年も桜は咲くさ。それでいいじゃねえか」

たしかに、と国政は思った。

空は夕暮れの色に染まりつつある。夕飯の買い出しにきたひと、足早に家路につくひとで、Y町の細い道は活気づいている。

長い年月が過ぎ、Y町の風景は移ろったが、そこに生きる人々の営みは変わらない。少年の日と同じように、いまも国政の隣には源二郎がいる。

幼なじみではなかったら、こいつとはきっと友だちになどならなかっただろう。

国政は一人で笑った。

「なんだよ、気色の悪《わり》ぃ」

源二郎は引き出物の袋を国政に押しつけ、小船へ降り立った。船外機にかがみこみ、「あれ？　ポンコツだからなあ」などと言っている。

国政の視界を、また花びらが横切った。

Y町のだれもが、それぞれの永遠を生きる。国政や源二郎が水路の彼方に消えたあとも、徹平が、マミが、やがて生まれるかもしれない徹平とマミの子どもが、春がめぐり来るたびに桜を眺めるだろう。夏の花火も、秋のうろこ雲も、冬の川面《かわも》も。

荒川と隅田川に挟まれたY町は、血管のように水路を張りめぐらせ、静かに脈打ちつづけている。

エンジンがやっと始動し、

「おーい、政。早く乗れ」

と源二郎が手招きした。「俺んち寄って、一杯やってくだろ？」

「ああ、そうしよう」

国政は答え、水路を覗きこんだ。「ちょっと袋を持ってくれ」

「おまえは足腰が弱すぎんだよ。俺だったら袋ごと船に乗り移れるね」

「はいはい。ぎっくり腰という悲劇が到来して、その過信を悔いることになるだろうよ」

ややあって、船はY町の水路をすべりだした。ポンポンとのどかな音を振りまきながら、二人を乗せた小船は家々のあいだを進んでいった。

Masa&Gen

アスパラ巻 四〇〇
ぱち刺 七〇〇
いかわた漬 三〇〇
七〇〇
生ビール 五〇〇
もずく酢 四〇〇
トマトスライス 三〇〇

「政と源」初出一覧★

「政と源」――――雑誌Ｃｏｂａｌｔ　２００７年８月号増刊　別冊Ｃｏｂａｌｔ
「幼なじみ無線」――雑誌Ｃｏｂａｌｔ　２００８年６月号増刊　別冊Ｃｏｂａｌｔ
「象を見た日」―――雑誌Ｃｏｂａｌｔ　２０１１年７月号
「花も嵐も」――――雑誌Ｃｏｂａｌｔ　２０１２年３月号／５月号　※（前編）（後編）として分載。
「平成無責任男」――雑誌Ｃｏｂａｌｔ　２０１２年７月号
「Ｙ町の永遠」―――雑誌Ｃｏｂａｌｔ　２０１２年９月号
単行本化にあたり、加筆・修正いたしました。
JASRAC 出 1309241-301

三浦《みうら》しをん
★
1976年東京生まれ。

2006年、『まほろ駅前多田便利軒』（文藝春秋）で直木賞受賞。

2012年、『舟を編む』（光文社）で本屋大賞受賞。

近著に『神去なあなあ夜話』（徳間書店）、『本屋さんで待ちあわせ』『お友だちからお願いします』（ともに大和書房）など。

政《まさ》と源《げん》

2013年8月31日　第1刷発行
2013年9月17日　第3刷発行

著　者――三浦しをん
発行者――鈴木晴彦
発行所――株式会社　集英社
〒101-8050　東京都千代田区一ツ橋2-5-10
03-3230-6268／編集部
03-3230-6393／販売部
03-3230-6080／読者係
印刷所――大日本印刷株式会社
製本所――ナショナル製本協同組合

ISBN978-4-08-780685-4　C0093
定価はカバーに表示してあります。